人の波に乗らない

笑ってる場合かヒゲ

藤村忠寿

朝日新聞出版

人の波に乗らない

笑ってる場合かヒゲ

目次

2020年

「自分の芝生」を青くしようょ 11
無駄な時間こそ愛おしい 15
真ん中の次女、お世話するよ！ 19
スポーツ・芸術、自己主張しよう 23
生産者の思い感じ、格別の味に 26
大人は、子供を安心させて 29
ウイルス憎んで、人を憎まず 32
日常って案外「不要不急」だらけ 36
ひとりで野鳥観察、学びの日々 39
すっ転びながらテレビの荒野へ 43
鎌研ぎで得た「有意義な時間」 47
人間の力、森の暮らしで実感 50
休日を成長する時間にしよう 54
試される、群れずに生きる力 57
視聴率頼みのテレビ、変えよう 60

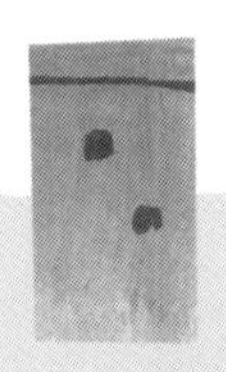

勝ち負けよりも、したたかに　63
3密の最新作、ちゃんと笑える？　66
文献調査交付金は未来のために　70
作り手も自覚しない、おもしろさ　73
「気が乗らない」も大事な感覚　76
「ひとりの時間」で商売いかが　80
「自由との両立」を考えよう　83

2021年

いつものように、春を待とう　89
「水どう」売れっ子芸人の原動力　93
体験できるグルメ番組、生配信　97
「申し訳ないな」日々思ってます　101
国が間違わぬよう、勉強は続く　104
誰よりも前向く女川の人たち　108
監督の個性光る日本アニメ　112
希望へ、動き出した我が子たち　116
五郎さんの情けなさ、愛おしい　119

若者を信じよう、文句言う前に 123
「水どう」と重なる、コンビの軌跡 126
個人巻き込む「プロデュース論」 129
文化の行事、気軽に楽しんでこそ 132
割と過酷な湯治、心に効いた 135
感染の恐怖、おびえ続けぬために 139
「いい人ブーム」、怖いところも 143
故郷ではない、でもスゴイよ 147
欽ちゃん80歳、温かい笑い健在 151
常識外れのボスと「革新の本質」 155
挑んだ時代劇、2年ぶり笑った 158

2022年

先端技術も人も、頼りすぎはダメ 163
自分の言葉で考える、仕事も同じ 166
全力で遊ぶ輪、入りませんか 169
悪い状況下に見た「人間の力」 173

できないこと「やり過ごす力」 176
失敗は笑い飛ばせ、人生だって同じ 179
容赦ない春、自分の庭作れる日まで 182
震災遺構が訴える日常の尊さ 185
単独行動、「いずれ、ひとり」のいい準備 188
ええ加減にせえ！「正義」ぶつけられて 191
理不尽の下の自由？元少年のサッカー考 194
私欲が吉、「ここキャン北海道」大盛況 197
引退した「山の神」、会社組織でもがく 201
東京サウナ堪能、でも「ととのう」には 205
自作自演の「ミステリー」、笑いに転換 208
リスナーとの信頼関係、ラジオ特有 211
リアルキャラバン、幸せな時間再び 214
つらい仕事の先の「幸せ」って……お金？ 217
おいしい岡山、知られざる魅力 221
「弱者」の逆転劇、大コーフン 224
こんな信長の最期、どうでしょう 227

人の波に乗らない

笑ってる場合かヒゲ

2020年

「自分の芝生」を青くしようよ

「隣の芝生は青く見える」ってことわざがあります。「他人のことは良く見える」ってコトですね。同時に、他人と比較することで「自分の嫌なところに目が行きがち」という意味でもあります。仕事であれば、他社がやったことに対して「御社はスゴいですね！」と驚いて、次に「弊社はそこまでできませんよ」と悲観して、「いいですねぇーおたくは」と羨ましがるってことですね。その結果「だからウチはダメなんだよな」と居酒屋で愚痴ることになる、と。

ちょっと考えてみましょう。「それはスゴいですね！」と驚いたあと、悲観する前に選択肢が他にもあるはずです。「どうやったんですか？」と聞くのも一つ。学びですね。それを聞いて「じゃぁウチでもやってみます！」と前向きになればいいですよね。でもね、案外やってみたら「ウチではできませんでした」という結論になることも多い。それが逆に厄介でね。「ウチもやってみよう!」と前向きになったばかりに、できなかったときの落胆が大きいんです。その結果「いいですねぇーおたくは」という羨ましい気持ちが、一気に妬みへと膨らんで「あっちの芝生、枯れればいいのに」みたいになっちゃうんですね。これは一番良くない。

こんな選択肢もあります。「それはスゴいですね!」と驚いたあと、悲観もせず、前向きになることもなく、そのまんま「芝生青いですね! スゴいですねぇー!」で終わる、という選択です。羨ましがるというより、他人への単純な賛辞です。これなら妬みを生むことはない。良い選択だと思います。

昨年も各地で「地域再生」や「町おこし」をテーマにした講演会に呼ばれました。このテーマはだいたい「隣の芝生は青く見える」ことから始まっています。「あそこはうまくやっている(ように見える)のに、ウチはなんにもできていない」「このままではダメになる」という焦りから、うまくいっている(ように見える)他者から学び取ろうというものです。前向きではあるんですが、僕が「少し町を歩きましたけど、案外いいところじゃないですか」と言っても、多くの場合「いやいや、ヨソと比べたら」と後ろ向きな言葉がまず返ってきます。でも話をするうちに「ウチも意外とスゴいんですよ！」と楽しそうに語り出します。「だったらヨソの町を羨ましがることないのに……」と思ったりします。

佐賀に「釣りよかでしょう。」というユーチューバーのグループがいます。彼らは佐賀市内の古い農家を自分たちの手でリフォームし、庭を作り、畑を作り、近くの海で釣りをして、みんなで料理して、そんな日々の暮らしを動画で公開しています。昨年末、彼らに会いに佐賀を訪れました。実際に会って感じたことは「彼らは佐賀で楽しく暮らしている」というシンプルなもの。それが心地よくて、また彼らに会いに佐賀に来たいと思いました。

彼らのように、どんな場所であろうと楽しく暮らしている人はたくさんいるはずです。そんな人たちはきっと毎日、自分たちの芝生を見て、自分たちのやり方で手入れをして、少しでも青くしようとしているんでしょうね。そんな人たちがもし他人の芝生を見たとしたら「青いですね！　スゴいですねぇー！」と我が事のように喜び、惜しみない賛辞を贈るのではないでしょうか。

2020年となりました。メダルの数がどうの、マラソン会場がどうの、そんな

「隣の芝生」に目を向けるよりも、世界中からやって来る選手たちに、まずは惜しみない賛辞を贈りましょう。そして「自分の芝生」を少しでも青くしましょうよ。

（1月9日）

無駄な時間こそ愛おしい

「水曜どうでしょう」の6年ぶりの新作が放送開始となりました。企画は「北海道赤平に家、建てます」というもの。

前回のアフリカでのロケを終えた日、夜空を見上げながら鈴井（貴之）さんと二人でタバコをふかしているときに僕が言ったんです。「家とか建ててみたいんですよね」と。そのころ鈴井さんは赤平に移り住んで田舎暮らしを始めたころでしたし、僕も自宅の庭にウッドデッキを自作したりしていましたから、お互い大工仕事には多少の経験がありました。「いいじゃないですか、やってみましょうよ」と鈴井さんその場で頼もしく応えてくれました。

僕思ったんですよ、家って数十年のローンを組んで買うのが普通で、そのローンを毎月支払うために働いているような感じがあるじゃないですか。でもウッドデッキを作る過程でいろんな本を読んでみると「時間さえあれば家だって自分で建てられる」なんて書いてあって。「だったら自分で建ててみよう」と思う人もいるはずだし、実際にログハウスを自分の手で建てている人もたくさんいる。

何より「家は買うもの」としか思ってない多くの人に「家は自分で建てられる」という選択肢もあることに気づいて欲しいと思ったんです。家に限らず、どんなことでも「他に選択肢があるんだ」と気づけば、行き詰まった時に少しは気が楽になるものですから。

赤平の森の中で僕らが作業を始めたのは今から3年前、2017年1月のことです。さすがに「本格的な家」を作る時間はないので、本職の大工さんに協力してもらって、6畳ほどの広さの小屋を木の上に作ることにしました。「ツリーハウス」というやつですね。木の上に作るから、冬でも作業しやすいという利点もありました。

大工仕事に関しては僕と鈴井さんには多少の経験はありますが、大泉(おおいずみ)(洋)さんはズブの素人。僕と鈴井さんは「よし！　やるぞ」と気合い十分なのに対して、大泉さんはそもそも大工仕事なんて全く興味がない。だからどうしたって気が乗らない。

「こんなことをやって面白いのか？」という疑念が常に頭の中にありながらも、言われるがままに作業を進めていくしかない。実際に作業中はみんな口数も少なく、ネジを打ち込む音だけが森の中に響き渡っていました。「果たして番組として面白くなったのだろうか？」と、大泉さんは今でも思っているようです。

でもね、思い返してみればこの「水曜どうでしょう」という番組は、昔からこんな感じだったんです。大泉さんは家でテレビを観ているのが大好きな若者でした。そんな若者を行き先も告げずに旅に連れ出す。乗り気ではない彼は言われるがままに移動を続け、口数も少なくなり、ガタンゴトンという規則正しい列車の走行音だけが響き渡る。そんな時間を、僕らはずっと過ごしてきました。

「こんなことをやって面白いのか？」という疑念が、大泉さんのみならず誰の頭の中にもよぎっていました。でもね、旅を終えて、記録された映像を編集室で見返しているときに気づくんです。そんな無駄だと思っていた時間こそが「とても愛おしい時間であった」と。だから「無駄な時間は無駄にはならない」という選択肢が、僕の中にはあるんですよね。

僕らの家が完成したのは、2年後のことでした。これからみなさんには、その2年間の記録を見てもらうことになります。最後まで見ていただければ「無駄な時間こそ愛おしい」ということがわかっていただけると思います。面白いですよ、きっと。

（1月23日）

真ん中の次女、お世話するよ！

3人子供がいるんですけど、真ん中の次女の話です。上にお姉ちゃん、下に弟。上と下は仲がいいんだけど、次女は上とも下ともなんだかうまくいかない。些細（ささい）なことなんだろうけど、上も下も真ん中によく腹を立てている。そんな様子を見てる私自身も「そりゃ真ん中が悪いわ」と思ってしまう。「でもさぁー」って次女が反発するたびに「だからおまえは！」って、怒ってしまう。

上も下も運動神経はいいんだけど、次女はダメ。公園で輪になってサッカーボールを蹴ってて「おーい！　いくぞー」って次女にボールを蹴ると、次女は空振りしてすっ転ぶ始末。「アハハハ！　なにやってんだよー」ってみんなで笑ってると「イヤーもう！」なんて言いながら次女も笑ってる。「笑ってる場合じゃないだろ！　落ち着いてボールを見ろ！」ってまた怒ってしまう。

　近所のその公園には大きな木があって。その年の冬は記録的な大雪で、夏には手が届かなかった高いところにある太い枝が、なんとかよじ登れるぐらいの位置になっていました。「よし！　登ってみよう」と言うと長女はスルスルと登っていき「うわー！　気持ちいい！」ってはしゃいでる。「ほら！　おまえもやってみろ」と次女に言っても尻込みするもんだから「いいからやってみろ！」って肩車してなんとか登らせました。「ほら！　気持ちいいだろ？」って声をかけても次女の顔はこわばってる。「そんなに怖がるなっ……」って言ってる途中で次女がバランスを崩して木から落ちました。ドスン！と大きな音を立てて。「おい！　大丈夫か！」って駆け寄ると、次女は「アハハハ！　大丈夫！　大丈夫！」って笑ってるんです。「いや大丈夫じゃないだろ！　今の落ち方！」って言っても「大丈夫！　大丈夫！」って、それしか言わないんです。「ちゃんと痛いところを言え！」ってまた怒ってしまって。まだ彼女が小学生のころの話です。

　次女はやがて関西の大学に進み、でも1年で大学を辞めました。やっぱり、うまくいかなかったんですね。そして引きこもりになりました。今も関西でそのまま引きこもってます。

上も下も子供たちは今みんな関西に住んでいます。出張で関西に行くたびに次女と会います。上と下には半年に一度ぐらいしか会わないんだけど、次女とは毎月のように会ってます。「心配だから」ではありません。彼女と話をするのが面白いからです。相変わらず「だからおまえは！」って怒っちゃうんだけど、昔より少しは彼女のことがわかってきました。彼女の人生は常に高い木の上を歩いているような感覚で、なかなか前に進めないのかな、と。

次女は別れ際に必ず「今日はありがとね」って言います。そこまではいいんだけど、その後に「お酒飲みすぎちゃダメだよ」「気をつけて帰ってよ」なんてえらそうに言うもんだから「おまえに言われたくないわ！」と捨てゼリフを吐いて別れます。

先月は次女の誕生日でした。「誕生日おめでとう。今年は忘れてなかったぞ」ってメールを送りました。去年の誕生日、２人でちょっと高い焼肉店に行ったんです。次女はそれを「誕生日だから連れて来てくれたんだ」と思ってたらしいんですけど、こっちはただ焼肉を食べたかっただけのことで、それを白状したら「やっぱり忘れてたかー！」って次女はまた笑ってて。

メールの返信には「おかげさまで25になりました。すんませんがまだまだお世話になります」と書いてありました。「お世話するよ！　親だから当たり前だろう！」って、またちょっと怒りそうになってしまいました。

（2月6日）

スポーツ・芸術、自己主張しよう

札幌演劇シーズン2020冬のイナダ組の芝居「カメヤ演芸場物語」に出ています。お話の舞台は1971年の浅草の演芸場。そこに出ている芸人たちや演芸場を支える裏方たちのお話。私が演じるのはきっぷのいい女房とコンビを組む夫婦漫才師。それなりに腕はあるのに売れなくて、舞台を投げ出し、酒に逃げ、弟子に暴力を振るい、若手には偉そうな態度を取る。今ならパワハラどころじゃない、真っ先に社会から抹消されそうな人間です。だけど彼は演芸場に居座り続け、周りの人間は「ホントしょうがないんだから」と言いながらも彼の存在を決して抹消しようとはしない。

男2人に女1人のトリオ漫才師。リーダー格の石崎(いしざき)という男は、もう一人の男のやる気のなさに辟易(へきえき)していて、ついにイスを蹴り、みんなの前で「おまえには才能がないんだよ！　やめちまいな」と言い放つ。メンバーの女の子は「なんでそんなことを言うの！　仲間でしょ」と仲裁に入るが、石崎は「仲間じゃねぇよ！　相方だろ！こんなやつと一緒にやってらんねぇよ」と怒りをあらわにする。今、こんな芸人がいたらＳＮＳで炎上し、事務所から干されるでしょう。

あの時代、敗戦から立ち上がり、東京オリンピック、大阪万博、新幹線に高速道路、そして若者たちが民主主義を訴えて学生運動をし、一気に先進国の仲間入りを果たした時代でした。言うなれば、名もないチームが必死に練習をして、いきなり世界大会の決勝トーナメントに出たような、そんな雰囲気があったのだと思います。そんなチームの監督は、きっと鬼のような形相で選手をぶん殴っていただろうし、選手は選手でレギュラー争いのためには他人を蹴落として自分を主張していただろうし、かといって蹴落とされた選手もそのまま打ちひしがれて引きこもるわけにもいかず、なんとか居場所を見つけて生きていた、そんな厳しい時代だったのだと思います。

１９７１年といえば僕は小学1年生。大人は怖かったし、不良が我がもの顔で街を闊歩し、校内暴力が蔓延していました。僕はそんな時代を「懐かしい」とは思えません。腕っぷしの強いやつだけが幅をきかすような時代を「良い時代だった」などとは全く思いません。親切な大人が多くなり、少数派の人たちを大事にする、今の時代の方があの頃よりも「ずっと良い時代になった」と思います。

ただ一方で「それではダメだろう」と思うこともあります。例えば23歳以下のサッカー五輪代表の試合。相手チームへの攻撃よりも、チームメイトとの連携ばかりを気にして前へ出ない選手たち。個人のアート作品に口を出す自治体や政治家、そして「それもやむを得ない」と承諾してしまう世論。スポーツは相手に勝つことが最終目標です。そこに遠慮なんて必要ない。ラグビーがこれだけ盛り上がったのも、相手に闘志むき出しで挑んでいく選手たちの姿に心を打たれたからです。アートの世界は、個人の強い自己主張を、他の人間が感性で共鳴し、認めることで成り立ちます。社会の中では他人と同調して生きていても、スポーツもアートも自分を主張していい場所なんです。個人の主張を許容する、それが「文化」というものなんです。

これからの時代は、より一層「文化」が大事になってくると思います。スポーツ選手も芸術家も、遠慮せずにもっと自己主張していくべきです。そうすることで、遠慮がちに社会を生きている人たちに解放感のようなものを与えることができるのです。

（2月20日）

生産者の思い感じ、格別の味に

1月、秋田県からリンゴが3個送られてきました。送ってくれた人のことを僕はよく知っています。彼の実家のリンゴ農家は化学農薬、化学肥料を従来通りに使う栽培（慣行栽培と言います）を行ってきましたが、彼は20年ほど前に有機栽培を始めました。

翌年のある日、彼は体調を崩して「一回ぐらい大丈夫だろう」と有機農薬を撒きませんでした。するとあっという間に病害虫が発生し、その被害は近隣に拡散してしまいました。たった1日休んだだけで周囲の農家に迷惑をかけてしまった。化学農薬を使用していればこんなことにはならなかったと彼は反省し、有機農薬一辺倒ではなく化学農薬も併用してリンゴ栽培をすることにしました。

10年目、青森のリンゴ生産者が完全無農薬でのリンゴ栽培を成し遂げたことがテレビで放映されて話題になりました。有機栽培を目指している彼にとっても追い風になると思いました。ところがこれが逆風になりました。今まで普通にリンゴを食べていた消費者の中に「お前のところは農薬を使っているんだろう！」と、慣行栽培をしている農家を悪者扱いする人が出てきたのです。農薬の使用基準をちゃんと守って栽培してきたのに悪者扱いされる農家の人たちの悲しさと怒り。それが彼に向けられたのです。「化学農薬を否定する農家がいるからこんなことになるのだ」と。挨拶をしても無視されるような日々が続き、有機栽培を目指す彼の心は折れました。

それでも彼は立ち直り、数年をかけてついに化学農薬不使用、有機農薬だけでリンゴを栽培することに成功しました。でも彼は言います。「私のやり方は慣行栽培です」と。「農薬が有機か化学かという違いがあるだけで、農薬を使って病害虫を抑えるという考え方は同じです」と。完全無農薬は多くの手間がかかるのに収穫量は少なくなり、そうなれば必然的にリンゴの価格は高くなる。そんなリンゴを買える人が世の中にどれぐらいいるのか。多くの人が買える値段でリンゴが流通したのは、長い時間をかけて果樹試験場、農薬メーカー、ＪＡといった農業関係者が研究を重ねてきた慣行栽培のおかげです。今もその努力は絶え間なく続き、より安全で環境に負荷が少ない農薬へと切り替えられている。そんな努力を否定したくない。もちろん無農薬も否定しない。大事なのは栽培方法ではなく、生産者の思い。そこを感じてほしい。有機や無農薬が正義と思っている人たちに、慣行栽培の畑を見てほしい。そこでは年老いた農家の人たちが朝から晩まで汗水たらして働いている。そういう姿を私は心から尊敬する……と。

いろいろと書いてきましたが、実は彼と会ったことがありません。3個のリンゴと一緒に送られてきた冊子に彼のことが書いてありました。彼のことを取材し、文章にした人とは会ったことがあります。彼女は東北の生産者の話を聞き、それを冊子にして、生産者が作ったものと一緒に毎月消費者に届ける通販をやっています。1月は秋田のリンゴ、2月は秋田の真鱈(まだら)、今月は福島のネギが届きました。生産者の思いを読み、その人が育てた農産物、その人が獲ってきた海産物をいただくと、その味は格別なものとなります。そして気持ちが豊かになります。その通販は「東北食べる通信」といいます。ちなみに冊子の編集長でもある彼女は、北大農学部の出身です。

(3月5日)

大人は、子供を安心させて

たぶん5歳ぐらいだったと思うんですけど、初めて飛行機に乗りました。母親の故郷が鹿児島なので、里帰りだったと思います。楽しみにしていたのにその日は雨風が強くて、昼間なのに空が暗くて、楽しいはずが不安で不安で。座席でベルトをぎゅーっと締められて、今まで聞いたこともないゴーッという大きな音とともに飛行機が飛び立って、小さな窓に雨が勢いよく当たってはじけて、もう怖くて怖くて。そんな中で母親が言ってくれた言葉を今でも鮮明に記憶しています。「大丈夫。天皇陛下だって飛行機に乗ってるんだから」と。「そうか、あんなにエラい人も乗るんだから安全なんだ」と少し安心しました。やがて飛行機は厚い雲を抜けました。するとそこには雨も降ってなくて、青空が広がっていました。さっきまでの不安は消し飛び、間近で見る白い雲に目を見張りました。「本当にフワフワなんだ」と。「でもマンガみたいにあの上を走ったりはできないな」なんてことも思いました。初めての飛行機は楽しい経験に変わりました。その後、鹿児島でどう過ごしたのか、どうやって帰ってきたのか、その記憶は一切ありません。ただ、暗い空と、母親の言葉と、白い雲のことだけをはっきりと覚えています。

僕が8歳のときに第一次オイルショックがありました。トイレットペーパーの買占め騒動が日本中で起こりました。でもその当時の不安な記憶が一切ありません。たぶん我が家は変わらぬ日常を過ごしていたからでしょう。

今にして思えば、飛行機なんてめったに乗れるものではなかったあの時代、母親もあの日初めて飛行機に乗ったのかもしれません。母親も天候が悪くて不安だったのかもしれません。でも子供の前で不安な姿を見せるわけにはいかない。そこで思いついた言葉が「天皇陛下だって飛行機に乗ってるんだから」だったんでしょう。それはきっと母親自身が安心できる言葉だったんでしょう。トイレットペーパー騒動のときも、もしかしたら母親は慌てて買いに走っていたのかもしれません。でも子供の前ではそんな姿は見せなかったんでしょう。

子供のころ、大人は慌てないものだと思っていました。人混みのデパートでも、騒々しい駅の雑踏でも、迷わずに歩くのが大人だと思っていました。子供はその姿を見失わないように必死についていけばいいと思っていました。もちろん今は、大人だって慌てるし、迷うし、ダダはこねるし、不安や不満を周囲に撒き散らすこともわかっています。むしろ大人の世界は子供のそれよりもタチが悪いこともわかっています。自分だって反省することが多々あります。

今、世界は大きな厚い雲に包まれています。そこから抜け出す手立てを専門家の大人たちが必死で考えています。専門外の我々大人にできることはなんでしょうか。それはただひとつ、子供を安心させることだけです。子供の前では慌てない、普段通りに落ち着いて生活をする、しているように見せる、それだけです。そうやって厚い雲を抜けて青空が広がるまでじっと待つことだけです。

そういえば「パンデミック」という言葉を初めて知りました。「伝染病や感染症の世界的大流行」という意味なんですね。のんきに「なんか新しいスイーツか」と思ってしまった自分を大人としてどうかと少し反省しています。

（3月19日）

ウイルス憎んで、人を憎まず

子供のころ、風邪が流行って学級閉鎖になると「やったー！」なんて無邪気に喜んでいました。台風が近づくと「明日学校休みになるかな？」と、そればかりを考えてそわそわしていました。

子供ってそんなもんですよね。自分が風邪を引いて寝込んでいるわけじゃないから、学級閉鎖になれば友達の家に遊びに行き、台風の被害に遭ったことがないから「もっと大きい台風が来れば学校が休みになるのに」と無邪気に考える。

でも大人になるとそうはいきません。なぜなら風邪を引いて寝込むことの苦しさを知っているし、仕事を休むことによって各所に迷惑をかけてしまうことも知っているからです。台風が直撃すれば甚大な被害を被って、生活が立ち行かなくなることも知っているからです。つまり子供よりも知識と経験を積み重ねてきたから、このあと起こり得ることがわかるわけです。

さて今回の新型コロナウイルスについて、大人として今後起こり得ることを考えてみました。「経済的な打撃は相当なものがあるだろう」ということはすでにわかります。さらに「もし自分が感染してしまったら」と考えてみます。

まずは家族も感染している可能性は非常に高い。そして職場の人たちにも感染の可能性はある。同僚たちは出社できなくなるでしょう。職場は消毒のためにいったん閉鎖されるでしょう。テレビ番組の制作現場ですから、番組が作れなくなってしまうかもしれません。番組が休止になることも考えられます。会社は大きな打撃を受けます。そうなれば、感染してしまった僕に対して「藤村さんはこんな時期に東京に行ったからだ」とか「そもそも体調管理ができていないんだ」と言う人が少なからず出てくるでしょう。僕は一気に悪人になってしまいます。

ここまで想像してしまうと、自分の中にもう一つの考えが浮かびます。今回の新型コロナウイルスは感染しても発症しない、もしくは軽微な症状で終わる人が多いということを知っています。そうであれば「感染したかもしれないけれど検査を受けない方がいいのではないか」と。「陽性だと判定されたら会社に迷惑がかかってしまうし、自分が悪人扱いされてしまうから、誰にも言わずに黙っておこう」と。さらに「コロナだと気づかれないように普通に出社しよう」と。

とても恐ろしい考えですが、これは十分にあり得ることです。すでにそう考えている人が実際にいるかもしれません。数字には表れない感染者がいるかもしれないということです。だとすれば、これが一番怖いことではないでしょうか。

こんなことを考えてしまう原因は、他人に対する不信感が少なからずあるからです。マスクに始まり、トイレットペーパー、そして今は食料を確保するために並ぶ人たちの長い行列を見ると、「こんな事態になったのは、不注意で感染した人がいるからだ」と思っているようで不信感はさらに強まります。

そうならないために大人として今一度冷静に考えなければいけません。まずは「どんなに注意したって、誰にでも感染する可能性があるのだ」ということを自覚することです。

感染した人が悪いのではなく、新型コロナウイルスが悪いんです。彼らは不意に狙われてしまった被害者であり、みんなで守ってあげなければいけません。「ウイルス憎んで人を憎まず」。
僕は今一番大事なのはこれだと思います。

（4月2日）

日常って案外「不要不急」だらけ

ここ1週間ほどは、外に出ずほぼ自宅で過ごしています。こんなことは受験勉強を必死にやっていた学生時代以来なかったことです。「不要不急の外出は控える」ということですし、僕は東京と大阪に行っていたので「万が一」ということもありますから、なるべく家にこもっています。

まずは「不要不急」の意味ですね。「不要」つまり「必要のない用事」ですね。そんなこと言われたらたくさんありますし、逆に「必要な用事」だってたくさんあります。そんなことは絞りきれないですね。では次に「不急」つまり「急がなくてもよい用事」です。うーん、そう言われたら確かにそこまで緊急を要する用事なんて多くないんだけど、かといって放っておくわけにもいかず、ナルハヤで終わらせたい用事はたくさんあるわけです。それをひとことで「不急」と言われてもこれはちょっと考え方が難しいですね。そこでもう本当に「緊急的に急ぐ用事」を考えたら……あっ！ひとつありました！　数日前に会社から「年度末ですので3月までの精算を早急に終わらせてください」と連絡が来てました！「これは急がねば！」と慌てて会社に行ったんですよ。すると社内には普段と変わらないぐらいに人がいたので「在宅勤務とかテレワークとか、ウチはやってないの？」と聞くと「なんか難しいみたいですよ」という曖昧(あいまい)な答えが返ってきました。確かに生放送の番組もありますから、どうしても会社に来なければならない人はいます。「でもそれ以外の人は……あ、もしかして家に居づらいんだろうか？」とか余計なことを思いつつ、精算を30分で済ませて帰ってきました。さて、あと緊急の用事は……と考えると、そこまでの用事はなかったですね。

家に帰って、さらにヒマにまかせて「自分にとって普段の生活の中でどうしても必要で、さらに急がなければならないことってなんだろう？」と考えました。最初に思い浮かんだのは「便意」ですね。便意をもよおしたら、これは数分以内に早急に対応しなければなりません。歳を重ねていけば、やがて対応が遅れて不意に出てしまう事態もあるんでしょうけれども、今は速やかに対処したい。「必要でかつ急ぐこと」と考えれば、まずこれですね。それ以外は……えーと、思いつきませんでした。

いろいろと「不要不急」の意味を考えていくと、僕らの生活の中のほとんどの行為が「絶対に必要で緊急的なことではない」ことがわかりました。これまで特に考えずに「忙（せわ）しない日常」を過ごしてきましたけれども、こういう事態になってわかったことは結局「そこまで必要ではないことに、なぜか急がされている日常を過ごしていた」ということでした。「ちゃんと仕事も用事も取捨選択をすれば、もっとゆっくりとした日常を過ごせるのだ」ということに気づいたわけです。

テレビは今、大人数で制作するドラマの撮影ができなくなって過去作品の再放送に切り替えています。でもこれ、案外いいんですよね。良作なのに見逃していたドラマなんてたくさんありますから。考えてみれば「水曜どうでしょう」はずっと再放送を続けていますから、今のテレビの状況を先取りしていたとも言えます。おかげで僕らは数年をかけてじっくり新作を作れる環境を手に入れていたわけですし、今回のコロナ騒動にも慌てずに、家にこもっていろんなことを考える時間に充てられたわけですから。

（4月16日）

ひとりで野鳥撮影、学びの日々

4月初旬、いよいよ新型コロナウイルスの感染拡大が深刻化しはじめたころ、思ったんです。こうなったらもう他人との接触を避けてじっとしているしか手立てはない。でも……ただ家の中にこもっているだけではなく、じっとしていても楽しくて、ちゃんと仕事にもつながるようなことってないだろうか？と。いっそこの異常な事態を逆手にとって、普段ならやらないこと、それも今までやったことのない新しいこと、そして、心が躍るようなことはないだろうか？と考えました。

そしたら、ひとつ思い浮かんだんです。ひとりで山の中にこもって、じっくり野鳥を撮影してみようと。子供のころ、野鳥観察がとても好きだったんですよね。よし！これなら楽しい上に、完全なる隔離状態。

では、どこの山にこもるか？　あるじゃないですか！　最適な場所が！「水曜どうでしょう」の新作で建てた通称「水曜どうでしょうハウス」。

場所は赤平市の森の中。目の前には池があり、水鳥もやってくる。なにより天然記念物のクマゲラも生息しているらしい。電気も水道もない六畳ほどの広さの小屋ですが、幅3メートルの大きなガラス窓がはめ込んであり、撮影には絶好のロケーションです。

すぐにビデオカメラを2台用意し、食料を担いでひとり、赤平の森に住み着きました。さて、野鳥を撮影すると言っても、僕はディレクターなのでビデオカメラの扱いは不慣れです。飛び回る野鳥に素早くピントを合わせて撮影するなんてできるわけがない。ならば、野鳥の方から僕の近くに来てもらおうと、小屋の前に餌台を作りました。

撮影を始めて二日目の朝のことです。誰かがドンドン！と大きな音を立てて小屋をノックするんです。でもこんな場所に人が来るはずがない。「ならば」とそっと窓を開けて外を見てみると、すぐ目の前の木に天然記念物のクマゲラがいるではありませんか！　すぐにカメラを回し、見事撮影に成功しました。幸先（さいさき）の良いスタートです。

でも餌台には野鳥は来ません。3日待っても来ませんでした。ようやく4日目にゴジュウカラという鳥がやって来ました。それはもう興奮しました！　自分が思い描いていた通りに野鳥がやって来て、間近で撮影できるようになったんです。うれしくて仕方ありませんでした。

ところが、です。数日後、思いもしなかった事態が起きました。バン！と何かがガラス窓に当たった音がして、慌てて外に出てみると窓の下で小さな鳥が羽をバタつかせて倒れていました。「大丈夫か！」と声をかけ、その小さな鳥を手のひらに包み込んで介抱しました。そして猛烈に反省しました。ガラス窓のすぐ近くに餌台を設置してしまったことを。数分後、小さな鳥は、僕の手のひらから飛び立っていきました。僕はその日のうちに餌台を撤去しました。

そんな日々を経ておよそ1カ月。僕はまだ赤平の森の、池のほとりの小屋に住み続けています。天気の良い日には外でご飯を食べます。目の前ではアカゲラが木を突いて同じようにご飯を食べています。窓に当たって倒れたあの小さな鳥も元気に飛び回っています。いつの間にかカメラの腕も上がりました。撮影機材の技術的な知識にも詳しくなりました。

今、ひとりでいることで学ぶことがとても多い毎日です。そんな僕の毎日を、ユーチューブの「藤やんうれしーの水曜どうでそうTV」で抜け目なく配信していますので、ちょっとご覧ください。

（5月21日）

すっ転びながらテレビの荒野へ

6月17日に刊行されるペリー荻野(おぎの)さんの『テレビの荒野を歩いた人たち』（新潮社）の帯文を依頼されました。テレビ創成期に、まだ道と呼べるようなもののない、まさに荒野を歩いた大先輩たちのお話です。

原稿を読みながら、涙が出そうになりました。うれし涙です。テレビの先輩たちは、道しるべのない大地を、良い意味でいい加減に、でも一生懸命に、雑草だらけの荒れ地を漕ぐように歩き、時に走り、思わぬ穴に落ち、石にすっ転び、そうやって進んできたんだと思うと、うれしくなったんです。だからテレビは面白かったんだよなと。そして、うらやましくもなりました。僕もそんな時代の荒野をすっ転びながら歩いてみたかったと。

そんな先輩たちのおかげで荒野にはいくつもの道ができ、後に続いた多くのテレビマンたちがその道を辿り、道は歩きやすくなり、気がつけばすっ転ぶこともなくなってきました。荒れ地は整地されて平坦になり、いつのまにか信号機までできて交通ルールも厳しくなり、わざわざ道を外れて歩こうとするテレビマンはほとんどいなくなりました。

でもね、僕は先輩たちがまだ歩いていないテレビの荒野が、きっとどっかに広がっているはずだと思っているんです。まだ、いい加減に歩ける荒野がきっとある。

特にローカル局にはそれがあるはずだと。だって、テレビ創成期を作った人の多くは東京の人たちなんだから。でもローカル局の人たちは誰も荒野に足を踏み入れようとしていないだけ、僕はそう思っています。

テレビ創成期の先輩たちが作った「放送人の会」という組織があります。実際に放送に携わっている人、携わっていた人たちの会です。

年に一回、視聴者目線ではなく、あくまでも同業者である会員が、ひとつの番組企画に「放送人グランプリ」という賞を与えます。今年は「フジテレビヤングシナリオ大賞」が選ばれました。理由は「31回となる本年まで絶えることなく企画を続け、数多くの人気脚本家を輩出した功績を讃えて」ということでした。他に個人の放送クリエイターを表彰する「大山勝美賞（おおやまかつみ）」という賞があり、今回はローカル局のディレクターとして初めて僕が選ばれました。

受賞理由は「ローカル局制作として異例のヒットとなった『水曜どうでしょう』のディレクターであることは周知のことだが、他にドラマの演出も手がけ、『チャンネルはそのまま！』では民放連賞グランプリを受賞するなどの功績を高く評価したい」ということでした。

仕事を高度に専門化されるキー局（大企業）の社員では「バラエティーもドラマもやる」という機会はなかなかありません。でも少人数のローカル局（中小企業）の社員は、そもそもあれもこれもやらなければ手が回りません。それを「しょうがないからやっている」と思えば、結果は大企業を模倣した二流品しかできないけれど、開き直って「専門家ではないけれど、無節操にいろんなことに手出しできる」という面白味に変えて、その上で、真っ向から大企業に対抗しようと思った瞬間、目の前には大企業には見えない荒野が広がっているのです。その荒野をすっ転びながら歩けば、きっと面白いものができる。

今回の受賞はテレビの先輩たちからの「おまえはおれたちの知らないローカルの荒野を求め、荒野をゆけ」という指示だと思っています。

（6月4日）

鎌研ぎで得た「有意義な時間」

赤平の森の池のほとりに建つ小屋で野鳥の撮影を始めて2カ月が経ちました。

朝は5時に起きてまずはお茶を沸かします。鳥のさえずりを聞きながらお茶を飲みます。次に池のほとりに設置した餌台にひまわりの種を補給して、無人のビデオカメラをセットします。餌台にやってくるヤマガラやアカゲラなどの姿を間近で撮影するためです。次は小屋の周りを掃除します。森の中に建っているので落ち葉や蜘蛛の巣を毎日取り除く必要があります。小屋の中も掃除します。必ず小さな虫が入り込んでいるからです。掃除を終えたら、もう一台のカメラを三脚にすえて周囲を飛び回る野鳥を撮影します。朝のひんやりとした清々(すがすが)しい時間がゆったりと流れていきます。

10時を過ぎたころに近くの温泉に行きます。ひとっ風呂浴びて11時過ぎに朝食兼昼食を作り、たっぷり2時間かけて食事をします。午後はまた野鳥の撮影をします。夕方、再び温泉に行き、夜はワインを飲みながらチーズとパンで夕食を済ませます。これを毎日繰り返します。毎日同じことを繰り返していると、逆に周囲の変化に気付きます。木の芽が出始めた、昨日から虫が鳴き始めた、今日からカエルが鳴き始めた……今まではどうでもよかった、というか気付きもしなかった些細な変化ですが、毎日同じ生活をしていると、それはとてもエキサイティングな出来事に感じてしまいます。

さて、そんな生活を1カ月続けた5月中旬。野鳥たちの姿を目にする機会が日に日に減っていきました。ひとつには餌が豊富になった山奥に野鳥が移動したこともありますし、もうひとつは木の葉が生い茂って見づらくなってしまったこともあります。こうなると野鳥の撮影は困難です。周囲の状況が変化したことで、自分の生活も変化せざるを得なくなりました。

さてどうしようか。今までは鳥たちが飛び回る姿を追って上ばかりを見ていましたが、視点を変えて下を見てみました。すると目の前には池があります。でもその池は周囲をぐるりと熊笹が覆っていて近づくのも困難。「ならば熊笹を刈って池に通じる道を作ろう」と、その日から鎌一本で熊笹刈りを始めました。

ところが熊笹は繊維が強く、簡単にスパスパとは切れません。50代半ばになったおじさんが力任せに切るのは限界があります。「さてどうしようか」と試行錯誤を重ねていく中で、まずは鎌を毎日研ぐようになりました。そして力を入れなくても切れるような鎌の使い方を自分なりに会得しました。思考し、発見し、身につける。俄然(がぜん)熊笹刈りが楽しくなってきました。それは僕にとって「有意義な時間」となりました。

もしも僕の手元に草刈機があったら数時間で終わったであろう作業を、僕は数日間かけてやりました。それをきっと世の中では「無駄な時間」というのでしょう。効率よくやることが「有意義な時間の使い方」というのでしょう。では短時間で済ませて余った時間は何に使っているのでしょうか？　スマホを見る、テレビを見る、様々なメディアから新たな情報を得ることに使う、ということでしょうか。

熊笹を刈って、汗を流しに温泉へ行きました。休憩室に置かれているテレビに目をやると、コロナ情報も底をついたのでしょうか、タレントの不倫騒動を図解入りで説明していました。「そんな情報ならいらない」と心底思いました。

（6月18日）

人間の力、森の暮らしで実感

4月の初めに緊急事態宣言が出されたことをきっかけに、自宅にこもるのではなく山の中にこもって自由に飛び回る野鳥たちの姿を動画配信してみよう、と始めた赤平の森の中でのひとり暮らし。当初は数日間のつもりでしたが、日に日に外出自粛ムードが強まり収束のメドが一向に見えない。「ならば事態が落ち着くまで山の中にいよう」と電気も水道もない小屋に立てこもって、気がつけば3カ月近くが経っていました。

「よくやりますねぇ」「不便でしょう」と言われますけれど、実はそうでもない。確かにここは電気も水道もないけれど、電波はちゃんと届いていてWi－Fiも使える。ユーチューブのライブ配信もできるし、ズームを使って打ち合わせもできるしラジオの収録もやっている。もちろんこの原稿もメールで担当者さんに送っています。仕事面ではさほど不便はないんですよね。

ただ生活面はガラリと変わりました。これまで食事は外食が多かったんですけど、ここへ来てからはもちろんすべて自炊。自宅から持ち込んだ調理道具はフライパンとホーローのボウル、箸とフォークと小さな包丁、そしてカセットコンロだけ。

それで肉を焼き、お湯を沸かし、スープカレーも作ったし、天ぷらもやりました。少ない道具と材料で料理をするには、自分でいろいろ考えなければいけません。スマホでレシピを検索したところで足りないものばかり。スマホはほとんど見なくなりました。

さらにこれまでは深夜まで飲んで寝るのは明け方近くという生活でしたが、ここには電気がないのでおのずと寝る時間は早くなり起きるのも早くなる。朝5時に起きれば5時間経っても朝の10時。そりゃ当たり前のことなんですけど、昼に起きるような生活をしていた自分には1日がとても長く感じました。

そうなれば気持ちにも余裕が出てくるわけで「時間があるんだからなんかやってみよう」と始めたのが、池の周囲を覆っていた熊笹刈り。手元にあったのは鎌一本。ヒマじゃなきゃ絶対にこんなことはしません。でもやってみたら案外と作業は進む。1日3時間、2日続けてやったら池のほとりに気持ちの良い空間が広がりました。「へぇー！　やればできるもんだな」とうれしくなって、今度はそこに3日かけてウッドデッキを作りました。完成したデッキに腰掛けて池を眺めてみる。やがて体の奥底から、これまで仕事上であげた実績とは別物の、ひとりの人間としての達成感が湧き上がってきました。

そうか、もしかしたらこの北海道を開拓した人たちは、苦しいことも多かっただろうけれど、でもきっとこんな風に自分の力を実感していたのではないだろうかと想像しました。

7月に入り、僕は赤平の森の中での生活を終え、再び札幌と全国各地を行き来する生活に戻ろうとしています。でも僕自身、元通りの生活に戻ろうとは思っていませんし、世の中も今後の生活スタイルを模索しています。そりゃそうです。小さなウイルスで世界中の経済活動がいとも簡単に崩壊してしまうことを体験してしまったんですから。どんどん生産してどんどん消費する経済最優先の社会があまりにも脆(もろ)いことを知ってしまったんですから。

北海道には自然と共存するアイヌの知恵があり、開拓民の力強さがありました。道民にはその血が流れているのですから、自信を持って新たな生活スタイルを作り出しましょうよ。

（7月2日）

休日を成長する時間にしよう

３カ月近くを赤平の森の中でひとりで暮らして、以前と変わったことといえば、まずは痩せたことです。一日中外で動き回っていましたからね、そりゃ体重は落ちます。でも逆に体力はついて健康になったと思います。あとは動きがゆっくりになりました。すべての作業をひとりでやるわけですから、なるべく疲れないように行動はおのずとゆっくり、慎重になります。時間はたっぷりありますしね、他人と競争をしているわけでもないので焦る必要もない。食事も自分が食べる分だけ作ればいいので、食材を見ながらじっくりメニューを考えて、丁寧に材料を切り、お酒を飲みながらのんびりと食べます。２時間ぐらいかけますでしょうか。その代わり食事は一日に一回です。

今、僕は仕事で東京に来ていますが、この変化は如実に表れていて、駅のエスカレーターが混んでいれば、人の列がなくなるまで待つか、ゆっくりと階段を登ります。言うなれば「人の波に乗らない」ということですね。外で食事をしなければならないときも、お店が混んでいない時間に入ります。お昼時は外して、3時ぐらいに食べるとかね。1日1食に慣れましたから、胃袋の融通がきくとでも言いましょうか。いつの間にか、群れないための行動が自然と身についた感じです。

森での生活が終わりに近づいたころのことです。近くに住む鈴井貴之（たかゆき）さんが興奮気味に僕のところへやって来ました。「家の近くにフクロウが出たんですよ！　それもヒナが6羽もいて！」と。赤平の森でもフクロウを見ることは珍しいんですね。聞けばフクロウのヒナたちは、あと数日もすればそれぞれが自分の餌場を求めて単独で深い森の中に入っていくとのこと。その前の、束の間の家族団らんの様子が愛らしいと言っていました。それを聞いて僕は、これからひとりで森の中で暮らしていくヒナたちに思いを寄せました。この3カ月で僕も少しはヒナたちのような力強さを身につけることができただろうかと。

赤平での生活を終えた日、僕のツイッターに鈴井さんからこんな文章が届きました。

「森で生活することは、単なる都会生活への浄化ではなく、人間性の回帰だと思います。ヒトもずっと森で生きてきたのに、ヒトだけが森から離れた。だから世の中おかしくなっている。森に戻れば健全な思考を取り戻すのではないでしょうか。早く戻って来て下さい」と。

50代も中盤となった自分のこれからの生活について、僕はこんなことを考えています。今後は仕事、いわゆる「会社に対する労働」は週に3日か4日で済ませてしまおうと。実際のところ、オフィスに通勤しなくてもよい状況が整ってくれれば誰でも可能な仕事のやり方です。つまりは週休4日とか3日の生活です。その「休日」を、これまでのような「労働に対する休息」と考えるのではなくて、もっと積極的に「ヒトとして成長する時間」というような捉え方で過ごせば、やることはいくらでもあります。体を鍛えるのも良し、何かを学ぶのも良し、何かを作り出すのも良し。そうやって成長した自分の力を、仕事とは別に、社会に還元できたら理想だなと。

「都会生活に疲れたら森へ戻る」のではなく「成長するために森へ行く」。そう考えると、森の中の池のほとりに建つ小さな小屋には、まだまだやることがたくさんある。だから鈴井さん、すぐに戻りますから待っててくださいね。

（7月16日）

試される、群れずに生きる力

7月7日から東京と大阪に出張しました。数カ月ぶりに会う人たちは変わらず元気に過ごしていました。仕事がヒマになった人もいれば、逆に大忙しになった人もいました。3カ月ぶりに外食をしました。いつもはサラリーマンで混み合うお店も半分しか席が埋まっていませんでした。お客さんの数を制限して営業していました。

翌週、札幌に戻ってからは自宅で過ごしています。3カ月に及んだ赤平の森でのひとり暮らしでは、野鳥撮影の合間に池のほとりに廃材を利用したウッドデッキを作りました。なかなか良い出来栄えでした。自宅にも20年ほど前に自作したウッドデッキがあります。でも木材が腐っていたり折れていたり、かなり痛んできていたので思い切ってすべて取り壊し、新しく作り直すことにしました。

7月22日、コンサドーレ札幌のホーム開幕戦を見に行きました。人混みがあまり好きではないのでスポーツ観戦に出かけることはほとんどなかったのですが、今は入場者数が制限されていて、前後左右の座席が空いていてゆったりと座れます。声を出しての応援は自粛ということで、フィールドの選手、監督の掛け声がはっきりと聞こえ、良いプレーには観客が拍手を送ります。集中してゲームを観戦することができ、スタジアムの雰囲気もとても良かったので4日後の横浜マリノス戦にも足を運びました。昨年の優勝チームを相手にコンサドーレが2点をリードして勝利が目前、試合終了まで残すところあと数分となったときに、客席から自然と拍手が巻き起こりました。「あと少しだ！　がんばれ！」そんな気持ちを込めた拍手でした。その拍手は試合終了のホイッスルが吹かれても鳴り止みません。あんなに長く続く拍手は聞いたことがありませんでした。大声を張り上げなくても、太鼓を打ち鳴らさなくても、コンサドーレの選手には客席の喜びと満足感が十分に届いただろうと感じました。

昼間はウッドデッキ作りに汗を流し、夕方からは夫婦並んでキッチンに立って料理をするという生活を続けています。最近はテレビをよく見ます。ニュースは相変わらず「昨日より増えた」とか「減った」とか「夜の街」という言葉しか耳に入って来ないので流しているだけですが、「プロフェッショナル」とか「カンブリア宮殿」とか、一生懸命に仕事をしている人たちの姿を伝えてくれる番組は熱心に見ています。無人島から脱出する「冒険少年」というバラエティー番組は、タレントさんたちの一生懸命な姿に釘付けになりました。人里離れた場所でひとり暮らしをしている人たちを取材した番組も感心しながら見ています。

今は、大勢で騒いでいるだけのバラエティーや、危機感を煽るだけの情報番組ではなく、ひとりひとりの人間の力強さを真面目に伝え、見ている人たちを勇気づけるような番組が求められているのだと感じました。

7月末、一気に感染者数が増えました。その数字を見ても愕然とすることはなく、ただこのウイルスと共生していくしかないのだろうと感じています。共生していく手だてとして僕らにできることは「群れないこと」なんでしょう。いつの間にか「集団に紛れて生活すること」に慣れきった人間たちに「果たしてひとりで生きる力があるのか？」をウイルスが試しているような気がします。

（8月6日）

視聴率頼みのテレビ、変えよう

去年の今ごろ、世界中がこんな状況になるなんて誰も予想していませんでした。つまり「今後のことは誰にも分からない」というのが、逆に「コロナで分かったこと」だと言えます。今だってこれからどうなるのか？　専門家でも予測できない状況です。「じゃあどうしたらいいいんだよ！」と言いたくなりますが、「誰にも分からない」のであれば「こうなってほしい」という希望を遠慮なく言うこともできるわけです。テレビ局に勤めている自分に今できることは「今後のテレビはこうなってほしい」と語ることです。

コロナ禍でテレビを見る人は増えました。しかし一方で「テレビを見るのは控えた方がいい」という論調もありました。テレビ側は注意を喚起するつもりであっても、受け取る側には「過剰に不安を煽っている」と思われたのです。なぜそうなってしまったのでしょうか？

民放テレビ局は視聴率の高低によって収入が左右されます。視聴率を稼ぐためには「その番組を見たい」と思わせることが大事です。「これを見れば楽しくなりますよ」というのがバラエティーや音楽番組であり、「これを見れば知識や情報を得られます」というのが報道情報番組でありクイズ番組なんかもそう。でも実はこれだけでは視聴者を惹きつける力は弱いんです。「見てくれれば」ではなく、もっと積極的に「見なければ」という、ある種の強迫観念にも似た感情を視聴者に与えることができればさらに高視聴率が期待できます。ドラマにはその要素がとても強いですね。「来週も見なければ」と思わせたらそのドラマは大成功。視聴者も「来週が楽しみ」となるわけですから、それはお互いにとって良いことです。

ドラマの他にも「見なければ」と積極的に思わせようとする番組があります。「事件・事故」そして「病気」をテーマにした番組です。あくまでも「危険に対して注意を喚起する」という善意によって制作されているわけですが、視聴率を獲得するためには積極的に「こんな危険がありますよ」「だから見てくださいね」という宣伝をする必要があります。番組の内容は善意であっても、先に不安を煽ることによって視聴者を獲得しようとする利己的な意思がそこにはあります。それが今のテレビにはもはや体質として備わってしまっている。情報番組、そしていつしか報道番組にまでその体質がはびこってしまったように私には思えます。コロナ禍で多くの人がテレビを見ていたのに、不安を煽る体質そのままに番組を作り続けてしまった。不安の渦中にいる人々に「テレビを見るのは控えた方がいい」と言われてしまっても仕方ありません。

さらに考えなければいけないことは「せっかく多くの人がテレビを見てくれて視聴率が上がっているのに収入が下がっている」という経営システムの問題です。経済が停滞し広告が減って民放テレビ局の経営は一気に傾いてきています。社会が混乱している今こそテレビの発信力を存分に発揮するべきなのに、番組作りの予算はどんどん縮小されている、という現状こそが一番の問題です。

「水曜どうでしょう」はもうずいぶん前から視聴率を指標とした広告収入だけに頼ることなく、グッズや番組販売で収入を確保し続けています。「テレビはもう視聴率という指標だけに頼った番組作りをやめてほしい」というのが30年、テレビ局に勤めてきた私が抱く希望です。

（9月3日）

勝ち負けよりも、したたかに

最近、映画をよく見てます。映画館ではなくネットフリックスで。次々と出てくるラインナップをつらつら眺めながら「昔見たけどもう一度見たい」とか「コレちょっと見てみるか」とか、そんな感じで夜な夜な再生ボタンを押しています。

ここ数日で見たのは「シン・ゴジラ」「プライベート・ライアン」「ダークナイト」「アメリカン・スナイパー」「フルメタル・ジャケット」「マネー・ショート　華麗なる大逆転」「仁義なき戦い」「スティーブ・ジョブズ」。なんとなく選んだ映画なんだけど、そこにはちょっとした共通点があります。

そもそもコメディーを見て笑いたいなんて思ってなくて、涙を流して感動する気もなくて、ましてや恋愛モノでジリジリと胸を焦がしたいなんていう思惑はサラッッッサラなくて、なんとなく見たいと思ったのは「戦い」。それも「愛する人を守るために俺は戦うのだ！」といった個人的な感情の高ぶりに身を投げ出して潔く散っていく姿に目頭を熱くする気なんか毛頭なくて、その戦いに「不条理」や「ままならない状況」「理不尽な現実」などがどうしようもなく横たわっていて、結局のところ「勝ちも負けもない」、つまりは社会のリアリティーを見たいと自分は思っていたわけです。

実際のところ50年以上も生きていれば、世の中には理不尽なことが散らばっていて「勝ちも負けもない」なんてことは十分に経験しているわけで。だからこの年になれば「誰かが決める勝ち負け」よりも「自分なりの価値観みたいなもので勝手に生きていくのが一番ラク」という処世術のようなものを身につけているわけで。でも不思議なことに世の中はいつも「勝ちか負けか」「勝者か敗者か」を決めたがっていて、無意識にその勝敗のラインがどこに引かれるのかを毎日用心深く確認して過ごしているような気がするんです。若いころの自分もそうだったんですけどね。

それで今、まさに世の中は映画のような状況にあって、毎日感染者数が発表されて、その数に自分が含まれていないことを安心しているような中で、「コロナに勝つ」なんていう勇ましい表現を耳にします。無意識に使っているんでしょうけど、感染した人が闘病中に「コロナに負けない」と言うのなら分かるんです。でも感染していない人が「勝ち負け」を口にする真意が分からないんです。それはつまり勝敗のラインで言うなら、今のところ感染していない自分は「勝ち」であり、感染した人は「負け」ということを言いたいからでしょうか。それとも、多くの犠牲者を出し、経済的な打撃を受けても、みんな一緒に我慢して、個人の活動を自粛して、やがてウイルスが根絶されたときに「コロナに勝った！」と喜びたいからでしょうか。

そうであれば、それはまさに「戦争」と同じです。戦争には「勝ちも負けもない」という愚かな結末を誰だって知っているはずです。それでもなお「勝ち負け」の尺度を持ち出して、感染者をコロナに屈した敗者のように扱い、感染しなかった自分が「勝者のヒーロー」になることを目指しているのなら、それはB級映画で「これで世界が平和に戻った」とばかりに多くの犠牲を帳消しにして喜ぶ能天気なエンディングを夢見ているのと同じことです。僕らは「勝ちも負けもない現実」の中で、ヒーローなんかよりもしたたかな処世術を身につけて、他人の行動をとやかく言うより、自分が少しでも楽しくなるように生きていけばいいんです。

（9月17日）

3密の最新作、ちゃんと笑える？

道内では今月28日水曜日から、いよいよ「水曜どうでしょう最新作」の放送がスタートします。「最新作」とは言っても撮影されたのは2年前、2018年の夏のことでございます。

なぜにもっと早く放送できなかったのかと申しますれば、この2年の間にお芝居に出たり、HTB開局50周年の連続ドラマを演出したり、ユーチューバーになってみたりと、まぁいろいろやっておりましたし、というか正直なところ私も五十路（いそじ）を過ぎ、昔のように根を詰めて編集作業に没頭する、というようなこともコレなかなか難しくなってまいりまして、かような対外的、体内的な事由により放送が2年もズレ込んだ、というわけでございます。ところがこの「制作者の怠慢による放送の遅れ」が、意外な効果をもたらしたと申しましょうか。

ご存知の通りこの半年あまりで世界情勢は激変しました。日本のテレビ業界も番組制作において、特に海外ロケを主軸にしてきた番組は、世界で不思議を発見すること も叶わず、世界の果てまでイッテくることもできず、苦境に立たされているわけでございます。かくいう「水曜どうでしょう」も同じく旅を主軸に据えて番組作りをしてまいりました。

これまでオーストラリアやアメリカ、ヨーロッパをレンタカーで数千キロも走り回り、日本中を列車やバス、船、飛行機、原付バイクでぐるぐる回り、旅先では4人一緒の部屋でバカ笑いをし、時に布団の上で相撲を取り、時に狭い車内で寝泊まりをし、はたまたジャングルに建つ見るからに不衛生な小屋で夜を明かし、ぎゅうぎゅう詰めのテントで夜を徹してののしり合い、カメラワークはと言えば無遠慮にタレントの顔にぐいぐいとレンズを押し付けて文字通り肉薄するという、それこそ「三密の極み」、いわば「三密あってのどうでしょう」でございました。

そして今回の最新作。7年前に放送された「初めてのアフリカ」では、数人のガイドに先導され、助っ人のスタッフをも伴って、アフリカの大地を駆け巡りました。前作「北海道で家、建てます」でも、大工さんをはじめ数人のスタッフに参加してもらいました。しかし今回は、出演者の鈴井貴之、大泉洋、ディレクターの嬉野雅道と私の4人だけで旅をしてきました。なんと4人だけの旅は12年ぶり。それも行き先は海外です。

今では最年少の大泉さんですら40代の中盤、最年長の嬉野さんに至ってはすでに還暦と、すっかり中高年となったおっさんたちが、若かりしころと同じように、まさに「密集」「密接」「密閉」状態で旅をし、もちろんマスクもアクリル板もなく、ところかまわず口角泡を飛ばし、飛沫を飛ばしまくり、遠慮のない言葉を投げつけ合って旅をしてきました。

このご時世、「最新作」と銘打って放送されるそんな濃密な海外ロケの映像に、視聴者の方々はドキッとするかもしれません。「え？　そんなことしていいの」と、余計なことを考えてしまうかもしれません。

しかしこれは、ほんの2年前の出来事なのです。むしろ私たちの感覚の方が、この半年で急激に変化してしまったのです。未曽有の事態に素早く対応せねばと社会全体が右往左往し、徐々に沈静化に向かいつつあるとなれば、今度は一気に元に戻ろうとする。

いやいや、もう少し落ち着きましょう。まずは「水曜どうでしょう最新作」を見て、余計なことを考えずにちゃんと笑えるかどうか、そこがひとつの試金石だと私は勝手に思っている次第です。

（10月1日）

文献調査交付金は未来のために

「水曜どうでしょう最新作」の放送が近づいてきました。でもそんなことよりも、ここに書かなければならない大きな出来事が勃発しました。「核のごみ」です。

当初は「なるほど、文献調査だけを実施して交付金をもらって、最終的には処分場の誘致をやめるという筋書きか」と、その程度にしか思っていませんでした。ところが、もうひとつの近隣自治体が同じく調査の受け入れを表明したことで「これはちょっと話が変わってきたぞ」と、「さすがに二つの自治体が交付金だけもらってやめる、なんてことは許されなくなってきたぞ」と、つまりは「最終処分場が北海道にできる可能性もあるのではないか」と思い始めたのです。そうなればもはやテレビマンとしてではなく、同じ地続きの土壌に生活するひとりの道民として意見を言っていかないといけません。

寿都町の町長が「文献調査をしていく中でいろいろと勉強していく機会が生まれる」「ひとつの問題提起になる」というようなことをしきりに発言していました。「それは確かにそうだ」と思いました。次々と生み出されていく核のごみ。「その処分をどうするのか?」という問題は、あまりにも難題過ぎて先送りにされてきました。でもこの機会に私は「自分ごと」としてちゃんと向き合わなければいけないと感じたのです。良いも悪いも実際に道内には原子力発電所があるわけですから。

数年前、萩本欽一さんと思いがけず原発の話をしたことがあります。そのとき欽ちゃんは「原発をなくしたらダメだよォー」と言いました。ちょっと驚いてその理由を聞くと「だって全部なくしちゃったら研究ができなくなっちゃうじゃない」と答えてくれました。つまり、日本から原発をなくしたところで地球上には存在する、もうこれは人類レベルの話なんだから日本だって研究は続けていかないといけない、その研究の成果を世界に広めていくことの方が重要でしょうと。それはとてもシンプルな考えで、ただ「原発はなくすべきだ」と考えていた自分にも納得のいく反対意見でした。

今回の寿都町と神恵内村の話は「人口が減って財政が厳しい自治体を活性化させる

ためのひとつの方策」という「地域おこし」レベルの話なんかじゃありません。大げさではなく「世界レベルの問題提起を北海道の小さな自治体が投げかけた」と捉えるべきだと思います。となれば最大で20億円という交付金をこれからどう使うのかが重要なポイントになってきます。しかしまだ交付金の使い道に関しては具体的な話を聞けていません。

ここからが私の意見です。最終処分場の完成は30年後と言われています。その時、高齢化が進んでいる寿都町、神恵内村の多くの住民、そして私も、たぶんこの世にはいません。だからそのお金は、今の自分たちの生活のためではなく、自分たちよりも若い人たち、そしてこれから生まれてくる寿都町と神恵内村の子供たちのために使うべきだと思います。もっと言えば、核の研究者を育てるために使うべきだと思います。自分たちがいなくなった30年後、最終処分場ができるときに、研究者が「核のごみ」を「ごみ」ではないものに変えている、その研究者が寿都町か神恵内村から生まれてほしい、そんな未来のためにお金を投資する、そう考えてくれるのであれば、私はひとりの道民として全面的に支持します。

（10月15日）

作り手も自覚しない、おもしろさ

「水曜どうでしょう」の最新作の放送がスタートしました。

鈴井貴之さん、大泉洋さん、そしてディレクターの嬉野雅道さんと私の4人で旅に出たのは2018年8月。行き先はアイルランド。4人だけで旅をするのは12年ぶりのことでした。

ただ、旅を終えたあと4人ともが「あまり手ごたえがなかった」というのが正直な感想でした。つまりは「番組としておもしろいのか?」という疑問が残ったということです。その一方で、4人とも「楽しかったなぁ」「こういう旅ならまた行きたいね」と、そこだけは満足して帰国しました。

あれから2年も経ってようやく放送にこぎつけたのは、いろいろと忙しかったこともあるけれど、内容に少なからず不安もあって、なかなか編集に手をつけなかったというのも事実です。

同時期に「北海道で家、建てます」という企画も進行していたので、私がその編集を担当し、アイルランドの旅は、嬉野さんにやってもらいました。編集作業があらかた進んだときに嬉野さんが笑いながら言いました。「コレね、おもしろいですよ」と。そう言われて見てみると、確かにおもしろかったんです。「うははは！　爆笑！」とかではなくて、不思議と「ずーっと見ていたい」と思わせるような「味わい」のようなものがあったんです。

24年前、「水曜どうでしょう」をスタートしたときのコンセプトは「ハプニング狙い」という単純なものでした。売れっ子の芸人を使えるはずもないローカル局がバラエティー番組を作るのなら東京と同じやり方では勝てないと、僕らは過酷で無謀な旅に出かけていました。そして案の定、旅先では思いがけないハプニングに見舞われて、僕らはそこに確かな手ごたえを感じ、それはそのまま番組の人気へとつながりました。

ところが今回は、特にハプニングがあったわけでもなく、全員が手ごたえを感じなかったのに、編集をしてみるとそれは確かにおもしろかった。その「おもしろさ」は、恥ずかしげもなく例えれば「名人と呼ばれる落語家の噺（はなし）」ぐらいの、なにか「醸し出すもの」があったんです。でもそれを当人たちは気づいていなかった。ただ「普通に旅をしただけ」だと思っていた。もうね、それこそが「名人の域」ですよ。

出演者を変えず、マンネリを恐れず、お互い遠慮なく衝突し、すべてを自分たちの責任で決めてきた、そんな24年間が醸し出す4人の人間関係。そこににじみ出るおもしろ味。これからは、余計なことを考えずにただ旅を続けていけばいいと思いました。だって「水曜どうでしょう」は、作り手も出演者も自覚しないおもしろさの領域へと足を踏み入れたんだから。

（11月5日）

「気が乗らない」も大事な感覚

3月の末、僕は嬉野雅道さんと大阪にいました。仕事の打ち合わせを終えて、次は東京へと向かいました。二人でやっているユーチューブ・チャンネル「水曜どうでそうTV」の撮影のためです。移動は別々でした。

翌日、撮影スタジオに行くとスタッフから「嬉野さんは来ないそうです」と言われました。「ん? どういうこと?」と聞けば、「大阪からそのまま札幌へ帰ってしまった」と。つまりは「収録をすっぽかした」というのです。「えっ? ちょっと待って! それはどういうこと?」と聞けば、嬉野さんは「新型コロナウイルスの影響で近々東京が封鎖されるかもしれないと聞いた」と、「そんなところにいるのは怖い」ということでそのまま札幌に帰ったのだと。それが僕のコロナ禍の始まりでした。

あのとき僕は嬉野さんの過敏な反応にびっくりしたんですけれども、その後すぐに緊急事態宣言が出されて、世の中はあっという間に移動自粛、ステイホーム、自宅でおとなしくしていることが当たり前のようになりました。つまりは「過敏」と思っていた僕の感覚よりも、嬉野さんの感覚の方が世間の動きに合致していたということです。

それから嬉野さんは自宅から一切出ないという生活に入りました。「未知のウイルスは怖いから外には出ない」というシンプルな感覚で「ステイホーム」を誰よりもかたくなに実践していたということです。

一方の僕はといえば、すぐに家を出て赤平の森で野鳥の撮影を始めました。家の中でじっとしているよりも、何か楽しいことはないかと思ったからです。それぞれ行動は違いましたが、「他人となるべく接触しない」という目的は同じです。僕のそんな行動を知って嬉野さんは、「世の中がこんなに不安な状況の中で、あなたの行動に一筋の希望が見えた」とメールをくれました。

9月に「水曜どうでしょうキャラバン」という全国を回るイベントが計画されていました。嬉野さんは4月の段階で「即刻中止を発表すべきだ」という意見でした。僕は「ギリギリまで実施の可能性を探るべきだ」と真っ向から意見は対立しました。世間では次々とイベントの中止が決定されて行く流れの中で、なんとか実施の方法を探ることの方が次につながる何かを摑めそうな気がしたのです。最終的に8月に中止を決定しましたが、それまで実施に向けて準備はしていたので、代わりにネット上で無観客のイベントを配信し、多くの人が楽しんで見てくれました。

ずっと後になって嬉野さんは3月末のときの気持ちをこう言いました。「東京に行くというのが、どうにも虫の居所が悪かった」と。つまりは「気が乗らなかったから仕事をすっぽかした」ということです。多くの人は「そんなことが理由になるか」と思うでしょう。「そんな勝手なことをしたらいろんな人に迷惑がかかる」と。

でも僕はそれはとても大事な感覚だと思うのです。気が乗らないのに仕事をこなすことこそが結果的に迷惑だと思うのです。しょうがないからやっている、今はそういう流れだからやっている、ということがあまりにも多くないでしょうか。

昔から嬉野さんは「理由はよくわからないけどその企画はやらない方がいいと思う」とか「悩んでいるならやめた方がいい」とか、そんな言葉をよくかけてくれます。その言葉に何度助けられたことか。

『週休3日宣言』（烽火書房）という本を出しました。3月末から激変した世の中で、僕らの感覚もずいぶん揺れ動きました。それが生の言葉で書かれています。

（11月19日）

「ひとりの時間」で商売いかが

札幌に雪がちらつき始めました。もうすぐ真っ白な冬に覆われて街が静かになります。雪を踏んで走るクルマのタイヤの音。「たー」というか「どー」というか、巻き上げた雪が吸い込んでいくようなあの静かな音、好きなんです。すすきので飲んだあとは酔い覚ましによく歩きます。狸小路のアーケードを抜けて、西7丁目を過ぎれば人通りは急に少なくなる。雪がしんしんと降る夜、たまに走り去るクルマのタイヤの音だけが耳に入ってくる。街の中にいるのにすっとひとりの静かな時間になる。東京や大阪だと酔客の喧騒をすり抜けて満員の終電に乗って、そんなときはふと孤独を感じてしまうんですけど、雪の帰り道はいいんですよね。北国の飲んべえだからこそ味わえる静かな風情。「孤独」はいやだけど「ひとり」は好きです。

忘年会、今年はないんでしょうね。ホッとしています。好きじゃないんですよ、会社の忘年会。幹事に任命された若手が申し訳なさそうに会費を徴収に来て、当日は騒がしくてぎゅうぎゅうの席に詰められて、話の最中に料理が次から次に出されて、結局はほとんど残しちゃって、でっかいピッチャーから気が抜けたビールを「どうぞどうぞ」と注がれて、飲んべえはキリッとしたビールを一杯ずつ味わいたいんですよ。でもまぁそんなことを言えるわけもなく、シメの乾杯で立ち上がったらそのまま何気なくひとりで店を出る。盛り上がっている団体が道をふさいでいるけれど、降り積もった雪が彼らの喚声(きょうせい)を押し込めて、やっとひとりの静かな時間になる。

とはいえ飲食業界にとっては死活問題です。苦し紛れに「静かなマスク会食」なんていう言葉も出ましたけれども、そこまでして会食をする必要もないわけで、だったらこの際、ひとり静かに飲食店に足を運べばいいんじゃないかと思うんです。でもひとりで行くと「寂しいオヤジ」と思われているんじゃないかとか、ひとりで混んでるお店なんかに行ったら、たまに4人席のテーブルに通されて「ヤバイな」と思っているると、案の定「相席でお願いします」なんつって店員さんが若いカップルを対面に座らせたりして。そうなったらもう針のムシロなわけで、ずっと下を向いてスマホをいじるしかないという、そんな危険性があるもんだから、ひとり率の高いラーメン屋か立ち食いソバで10分で飯を終わらせる方がずっと精神衛生上好ましい、なんてことを思っているおじさんは世に多いわけでね。

だったらこの機会に「ひとりごはんを静かに楽しんでみませんか」的なキャッチフレーズを出していただければ、おじさんだって堂々とラーメン屋以外にも行けるわけです。シャレたイタリアンかなんかのお店にふらっと入ってね、ひとりでワイングラスを傾けるようなおじさんが増えるのはとても良いことだと思うんです。

旅行だって「GO TO ひとり旅」キャンペーンにしていただければ、感染リスクはぐっと減るような気がするし、なによりおじさんになると「ひとり旅」ってほとんどしなくなりますよね。いいじゃないですかこの際、おじさんも堂々とひとりで旅に出てみましょうよ。きっとなにか得られるものがあると思いますよ。

飲食業界も旅行業界も、団体客をアテにする古い体質からまだ抜け出せていないのかもしれません。これからはもっと「ひとりの静かな時間」を提案してくれたらと思います。

（12月3日）

「自由との両立」を考えよう

休日の行楽地で遊ぶ家族連れやカップル、サラリーマンたちで賑わう夜の繁華街、そんな映像がテレビに映し出されると、視聴者は「楽しそう」「行ってみたい」という印象を持ちます。

ところが今では「こんなことしてていいのか」「けしからん」と思ってしまう人が数多くいます。社会の状況が変わり、映像を送る側の意識が変わると、同じような映像であっても視聴者に与える印象はガラリと変わってしまいます。

そしてコメンテーターたちは「もっと厳格な規制をすべきですね」とか「行政の対応がゆるすぎます」とか、果ては映像に映っている人々に対して「ゆるんでますね」と口にすることさえあります。そんな言葉を耳にして同業者として頭を抱え、考えます。「この人たちは番組を通して社会を規制したいのだろうか」と。「もしくは自分たちも行動の自由を規制されたいのだろうか」と。

今年は、これまで考えていなかったことを考えた1年でした。ずっと頭の中にあったのは「規制されることに慣れるな」ということです。当たり前だと思っていた「自由という権利の尊さ」をあらためて考えていました。

春先からイベントが次々と中止になっていき、夏休みの旅行も帰省も自粛して、とにかく「やめること」が当たり前になっていった。でもそれでは経済が回らないからと、今度は旅行や外食を推奨して闇雲に社会を動かして状況を悪化させてしまった。

つまりは「経済との両立」という考え方自体が、この状況を長引かせる要因になっているということです。残念ながらもはや社会全体が「あきらめること」に慣れ切って思考が停止しているのです。考えることをやめ、規制されることを自ら求めるような社会に、将来を打開する力など生まれません。

そのためには、停止した思考を無理やりにでも活性化させる必要があります。そこで考えるべきは「経済との両立」ではなく「自由との両立」ではないでしょうか。個人の自由な行動を規制することなく、この未曽有の事態と渡り合っていく。とても難題です。だから社会全体で考えなければなりません。

そこで来年は、子供や若い人たちのことを第一に考えてあげませんか。彼らにとってこの1年の損失はとても大きかったはずです。学校や職場で多くの人と接することも、旅をして見聞を広げる機会も、なんなら恋愛の対象となるべき人との出会いだって失われたかもしれないんですから。

それは大人たちがなんとかしてあげなければいけない。行動を規制して家に閉じ込めておけば大人は安心できるでしょうけれど、子供たちがこれ以上あきらめることに慣れてはいけない。彼らの自由な活動を保障する施策をまず練ることが、やがて社会全体の「自由との両立」を成り立たせる第一歩にもなると思うのです。

今は何よりも子供たちの命を守ることが大事と考えている人は多いでしょう。でも、民衆が自由を勝ち取るまでに、歴史上どれほど多くの命が犠牲になってきたことか。その自由を大人たちが今、かくも簡単に手放して、規制され、自粛し、相互監視する不自由な世の中に子供たちを押し込めようとしていないでしょうか。やがて彼らが再び自由を手にするときに多大な犠牲を払うことになりはしないでしょうか。

「大げさな」と思われるかもしれませんが、近隣の大国が「ウイルスを封じ込めた」

代わりに「自由を規制している」ことに現実味を感じざるを得ないのです。（12月17日）

2021年

いつものように、春を待とう

生まれ故郷の愛知県よりも北海道での暮らしの方がずっと長くなったんですけど、この地の冬には毎年、新鮮に驚かされてしまいます。今日だってそうですよ。朝起きるとずいぶん雪が積もってました。「さぁやるか」と、外に出て雪かきをしてたんです。

アスファルトの地面を出すぐらいに、1時間以上をかけて、丹念にやってたんです。ようやく終わろうかというころ、静かに雪が降り出した。雑に切った紙吹雪みたいな「これは積もるぞ」というやつですよ。ほんの10分ぐらいだったと思うんですけど、振り返るともう黒く出した地面が真っ白になっている。「え、ウソだろ」と、新鮮に驚いてしまいましたね。やっと片付けた部屋がトイレ行ってる間に3歳児に荒らされたみたいな感じですよ。

雨であれば雨音というのがあって、水滴が地面を打ちつけて派手な音を立てるし、風が吹けばビュービューと警笛みたいな音がする。でも雪には音がないもんだから雪国育ちではない私には警戒心を抱かせないんですね。気が付いたときにはもう「え、ウソだろ」という事態に陥っている。まさに静かな白い侵略者ですよ。

冬の日没の早さにも驚きますね。本州であれば、夏だろうが冬だろうが夕方というのは、だいたい「午後5時から」と相場が決まってるんです。ところが冬の北海道は違う。「え、まだ3時だよな」「ホント陽が落ちるの早いよね」「ウソだろ」と、毎年新鮮に驚いて同じ会話を妻と繰り返す始末。

北海道に住むようになって初めて「冬至」を意識するようになりました。春分の日も秋分の日も祝日になってるぐらいだから「なんか大事な日」みたいな意識はありましたけど、北海道に住んでいるとそれより「冬至」の方がずっと大事だと思うようになりました。

「明日、冬至だよ」「おーやっとかぁ」、これも妻と毎年交わす会話。12月21日か22日ぐらいですね。この日を過ぎれば夜が少しずつ短くなる。「夕方は午後3時」という異常事態が徐々に是正されていくわけでそれはとても喜ばしい日です。

　しかしながらよくよく考えると、冬至はむしろ冬の始まりであって、いよいよこれからが冬本番。1月、2月と雪がドンドコ降り積もり、その雪が完全になくなるのはゴールデンウィークが近づくころ。それはあまりにも遠い道のり。でもね、冬至ってなんだか折り返し地点を過ぎたような感じで、少し気分が晴れるんです。本格的な冬を前に「よしこれからだ」と、少しだけ前を向けるような、北海道の冬至というのはそんな日。

　さて、２０２１年の年が明け、でもなんだか世の中は終わりが見えない闇の中で、「緊急事態」という物騒な言葉が日常的に使われてしまうような、そんな異常な状況が続いています。でもね、僕からすれば、これは北海道の冬と同じような状況ですよ。音もなく気が付かないうちに辺り一面を覆い尽くす雪。遠い夜明け、遠すぎる春。でも生粋の道産子は、それが普通だと思っていたわけでしょ。

　みなさんはね、そもそも忍耐強いんです。「ながぁーい夜をぉー」と松山(まつやま)千春(ちはる)さんが歌ってますでしょ、あんなに「がぁー」を思いっきり伸ばす歌、南国の歌手は歌いませんよ。向こうは夜も昼もだいたい同じ長さですから。道産子には「ながぁーい夜」が体感としてあるんです。

そしてそれがいずれ短くなることも知っている。だったらいつもの冬と同じようにじっと春を待ちましょうよ。きっともう冬至は過ぎて、今が本格的な冬なんじゃないでしょうかね。

（1月21日）

「水どう」売れっ子芸人の原動力

お笑い芸人、ブラックマヨネーズの小杉竜一（こすぎりゅういち）さんと先日、お会いしました。ある番組で「『水曜どうでしょう』を繰り返し見るのが寝る前の日課」というようなことを小杉さんがおっしゃっていたんですね。意外な人がファンであることを知り、先月からスタートしたニコニコチャンネルの「水曜日のおじさんたち」という番組にゲストでお呼びしたんです。

「もうガチガチに緊張してますよ！　今日はおもろいことなんも言われへん」と言いながら、「水曜どうでしょう」のことをとても真面目に語ってくれました。

最初に「どうでしょう」に出会ったのはもう20年も前のこと、芸人を目指して大阪の狭い部屋に住んでいたころ。夜中にテレビを見ていると、見たこともない「わけのわからん番組」がやっていた。「誰や？　コイツら」というのが最初の印象。よくわからんヤツがテレビに出ている。ただ見ているうちに「悔しいけどおもろいなぁって思ったんです」「僕はツッコミなんで、自分がおもろいと思ったものにツッコミを入れるわけです。だからおもろいものを見分ける力はあると思うんです」。

それからちょこちょこ見るようになって、やがてそれが北海道の番組であることを知ったそうです。「北海道でもこんなおもろいことやってるんや」。そして大泉洋のことを知り、彼が自分と同い年であることを知る。「あちこち連れ回されて大変やのに、しっかりおもろいこと言って、がんばってるなぁ」と、「俺もがんばらなアカンな」と、そんなことを思っていたと。

それからすぐ大泉洋は東京のバラエティー番組に出て、ドラマにも出るようになって、「すごいなぁ」と思いつつも「やっぱり悔しいなぁ」という気持ちもあり、でも「がんばらな」と自分を奮い立たせていた。

そんな小杉さんも「Ｍ－１グランプリ」で見事に優勝、いきなり売れっ子になりました。夢が叶ったわけです。「ガラッと変わりました。もう休みなくいろんな番組に出続けて……でもね、あのころが一番キツかったです。どこへ行っても『おまえら優勝したけどホンマにおもろいんか？』みたいな雰囲気がすごくあって、相方の吉田(よしだ)はホンマがんばって体を張っておもろいことたくさん言うてたんですけど、アイツ中耳炎と外耳炎にいっぺんになってもうて……もうそれぐらいキツかったです」。

芸人として売れることを目指してきたのに、売れっ子になった途端、針のむしろのような現場に毎日通い、体を壊すほどに生活が変わってしまった。「こんなふうになることを目指してやってきたんやろか」という疑問も湧いてくる。「夜疲れて帰ってきて、そのころもよう『水曜どうでしょう』見てました。前にも見たことあって結末からなんから全部知ってんのに見てしまうんです」と。

「水曜どうでしょう」を繰り返し見てしまう。その理由を小杉さんは「何度見てもおもろいから」とおっしゃっていましたけれども、小杉さんはあの狭い部屋で芸人を目指していたころの気持ちを思い出すのではないでしょうか。北海道のわけのわからん番組を見て「悔しいけどおもろいな」と思い「俺もがんばらな」と奮い立つ。あの新鮮な気持ちに立ち返る。「あぁ、確かにそうですわ。ホンマずっと助けてもらってます」。

小杉さんの話を聞いて、あの番組を長くやっていて良かったなと心から思いました。

2021年、「水曜どうでしょう」は番組開始から25年目を迎えます。

（2月4日）

体験できるグルメ番組、生配信

よくテレビでね、マツコさんあたりがオススメのスイーツかなんか食べたりね、「秘密のケンミンSHOW」なんかでご当地名物をスタジオのみなさんがワイワイ食べたりしてるのを見てるとね、誰だって「あー食べてみたい」と思うじゃないですか。でまぁ、我慢できない人はすぐさま通販で頼んでみたり、週末にわざわざそのお店に行って行列に並んだりとかして、テレビで紹介されていたその味を自分の舌で確かめてみるというね。

でも本当はマツコさんが食べてる瞬間にこっちも食べてみたいわけですよ。マツコさんと同じタイミングで口に入れて、マツコが「あーこれはワタシ好みだわ」とか言ったら間髪を入れずに「あ！　ワタシもこれ好き！」とか言いたいわけですよ。「ケンミンSHOW」で「実はスタジオにご用意してます！」なんて言われたら、我が家にも同じものを持ってきて欲しいわけですよ。でも、もちろんそんなことはできないと分かってる。テレビは基本的に一方通行ですからね。

でも、ちょっと待てよと。「コレ、ユーチューブならできるんじゃないか？」と、わたくし思いましてね。

つまりは、これからユーチューブでグルメ番組を配信するとして、そこで紹介するものを希望者に先に送るわけですよ。中身は知らせずにね。そして生放送の当日、送られた人は画面を見ながら、こちらと同じタイミングで箱を開けて、こちらが試食するタイミングで一緒に食べてみる。「おー！　これは塩味が効いておいしいね！」とか言えば、見ている人も「あー！　確かにおいしい！」と、まったく同じ体験ができるわけです。今までテレビを見ながら「あっちばっかりうまそうなもん食いやがって」と地団駄を踏んでいたあの悔しさから解放されるわけです。

ただ、問題もあります。中身のわからないものを先に買うわけですから、好みに合わないものも当然あるかもしれない。だからと言って、事前に「こういうものを送ります」なんて全部言っちゃうのは興ざめで、やはり「どんなものが送られてくるんだろう？」という楽しみ、箱を開けて初めて目にするものを、映像の向こう側にいる人と一緒に口にする興奮、そういうものは多少のリスクがあって初めて体験できるものですから。

と、こんな話をしてたら岡山県の方が興味を持ってくれまして、この企画が実行の運びとなりました。それで先日、私が岡山県の備前市を訪れて、地元の人だけが知っているような美味しいものをいろいろと試食させてもらって、個人的に「コレはいい！」と思ったものをいくつか選びました。それを箱詰めにして、ネット上で「なにが送られてくるかわからないけど買ってくれる人」を募集して、希望者に配送しました。

そして来たる2月26日の18時半から、ユーチューブの「どうでそうTV」で「備前のいいものバーチャル体験」と題した生配信をいたします。テレビとは違って、ユーチューブには視聴者がコメントを書き込める機能があります。事前に送られた人たちが生配信中に「これはうまい！」とか「私はイマイチ」なんて正直な感想をコメントしてもらえれば、それはテレビよりもリアリティーのあるグルメ番組になると思うのです。

旅行に出かけることも、飲食店に出向くこともなかなか難しい状況だからこそ「やってみよう」と思った企画で、こんな状況だからこそ「やってみましょう」と言ってくれる人も出てきて、だからこんな状況も「悪いことばかりじゃない」と思っています。

（2月18日）

「申し訳ないな」日々思ってます

「本当に申し訳ないな」と思っていることがたくさんあります。昨日だってそうです。かなり大きなアニメ作品に「声優として参加してほしい」というオファーを受けて、その大事な打ち合わせがありました。

その前に別の仕事でランチをしながらの気楽なミーティングがありまして、気楽な気持ちでついビールを飲んでしまい、思いのほか話が盛り上がって結局3杯飲んでしまって気がつけば時間もギリギリ、急いで打ち合わせの現場へと向かいました。息を整えてドアを開けると関係者はすでに勢ぞろい。

無論わたくし、若干の赤ら顔であることは自覚しておりました。だからこそ普段よりも丁寧に頭を下げて挨拶をし、普段よりも丁寧な言葉遣いを心がけ、普段よりも耳を研ぎ澄ましてお話を聞き、普段以上に積極的に発言をしました。けれども「あ、この人飲んでるな」と、その場にいる全員にバレていたのは間違いのないことで、だから「本当に申し訳ないな」という気持ちでいっぱいでありました。

あとはその、わたくし出張が多くて家にいる時間が少ないにもかかわらず、家ではついついひとりで朝方までゲームに没頭してしまうんです。「ワールド・オブ・タンクス」という戦車ゲームでございまして、そのゲームの公式アンバサダーに任命されてユーチューブでゲーム実況もやっていますから、仕事といえば仕事ではあるんですけれども、「ただ楽しいからやっている」というのが実情でございまして。

だからこそ、家にいるときはなるべく妻の手をわずらわせないように率先して料理を作り、ふたりで一緒に食事をしながらとりとめのない話をするわけですけれども、話をしながら楽しくなってきてついつい酒が進み、そのうち睡魔に襲われてリビングのソファーでガチ寝をかまして、夜更けに妻に起こされて、「うーん、でもちょっと、やっとくかな」とウソブいてゲーム機を用意している横で、妻に「なるべく早く寝てね」なんていういたわりの言葉をかけられると、「いや本当はただ遊びたいからやるだけなんだけど」という本音を隠さざるを得ず、「本当に申し訳ないな」という気持ちいっぱいで朝を迎えてしまうわけでございます。

そしてまさに今、わたくしは出張先のホテルのデスクの前に座り、またしても「本当に申し訳ないな」という気持ちいっぱいでございます。このコラムの初代担当者との取り決めで「締め切りは1週間前の水曜日」となっていたわけでございますが、担当者が変わっていく間に徐々に締め切りは後ろにズレていき、今となっては「日曜日までに書き上げればオッケーだろう」と、わたくし勝手に思っているようなところもあり、そうなると現担当者に渡すのは事実上「週明け月曜日」となってしまっているわけで、これは当初の取り決めとは違うこと甚だしい。しかしながら担当者からは毎回「お忙しい中ありがとうございます」といういたわりの言葉を頂戴し、わたくしも「遅くなってすいません」と毎度頭を下げている次第。

年をとると自分の思ったことをそのまま口にして痛い目に遭う人がいるようですが、日々「本当に申し訳ないな」という気持ちいっぱいで過ごしていると、案外いろんなことがうまくいくようで、おかげさまでこの連載も新年度以降も継続となりました。にもかかわらず今回も締め切りを大幅に過ぎ、本当に申し訳ございませんでした！

（3月4日）

国が間違わぬよう、勉強は続く

「あーどうもーこんにちはー」。バス停の方角から近所のご婦人が歩いて来たので声を掛けました。「あー藤村さん、どうもー」。にこやかに会釈をしながらご婦人がゆっくりとした足取りで近づいて来ます。「雪かきをしていらっしゃる最中に申し訳ないんですけど、ちょっとお聞きしていいかしら」「あーどうぞどうぞ」「ノモンハン事件のことご存知かしら」「あ、えっ……?」「藤村さん北大のご出身だから詳しいかと思って」「いやぁー聞いたことはありますけど……」。

いきなりの話題で面食らいましたけど、話を聞くとご婦人は最近、図書館に通って戦前のことを熱心に勉強しているそうなんです。

「お父さんは24歳で亡くなったんですけどね、私がまだ6カ月の時に、戦争で」「そうなんですか」「ホクマンで」「え？　……あー満州で」「そうそう、終戦のころって南の方が激戦だったのは知ってるんだけど、北満でも戦ってたんですね」「そうらしいですねぇ」「私ももう終わりが近づいてきましたでしょう」「ハハハ……いやいや」「向こうに行ってね、お父さんに会った時に、私がなんにも知らないんじゃお父さんと話もできないから」「それで満州のこと調べてるんですか」「いろんな本を読むとね、ほんとにバカなことやってたんだなって、子供のころはそんなことわからなかったから」。それからしばらく立ち話をして、ご婦人は3軒向こうの家へと歩いていきました。

お年を召した方が嬉々として習い事を始めたり、勉強を始めたり、そんなことがよくあります。「老い先短いのになにを今さら」と思っていました。「老後の趣味」という言葉で片付けていました。でも今は、老いていく人がさらに「知識」を得ることは、社会にとって大事なことだと思っています。

学校の勉強って嫌いだったでしょう。僕もそうです。初めて耳にする言葉、初めて目にする記号、とにかく知らないことだらけ。そんなものを何時間も机に縛り付けられて覚えるように強制されるわけですから苦痛でしかありません。それより今日もドッジボールをしたいし、昨日見たテレビの話をしたい。「知っている」という前提があれば楽しめるし、熱心に話もできるわけです。

でもあのころ苦痛を味わったおかげで今は「ノモンハン事件」という言葉は知っていて、だからご婦人と立ち話もできるし、興味が湧いて自分でも調べてみました。そうすると「知っている」が「知識」へと昇華します。その過程は「苦痛」ではなく「嬉しさ」があります。

戦争を経て日本は民主主義の国となりました。主権は今、国民の手にあります。生きている限り選挙権があり、選ばれた政治家は国民の代弁者となり、官僚は国民の意向に沿って国づくりを進めます。独裁者がこの国を動かしているわけではありません。ですから、もし国が間違った方向に進んでいるとしたら、その責任は我々にあるというわけです。そうならないためには、ひとりひとりが勉強を続けて「正しい知識」を得ていく必要があります。

年を重ねて、いろんなことを知り、自ら進んで勉強した上で「ほんとにバカなことやってたんだな」ということがわかったのだとしたら、それは紛れもない「知識」です。高齢の方々がそんな知識をより多く持ってくだされば、民主主義の社会は間違った方向には行かないはずです。

ゆっくり歩くご婦人を見送りながら「24歳のお父さんに今の日本をどう伝えるんだろうか」と考えました。あ……いやいや！　すいません！　まだまだ勉強を続けてください！

（3月18日）

誰よりも前向く女川の人たち

「イベントをやりたいんですけど、藤村さんと嬉野さんに来てもらえませんか」。東日本大震災の翌年、甚大な被害を受けた宮城県女川町(おながわちょう)の青年たちからお誘いを受けました。最初は断ったんです。まだまだ大変な中にこんなおっさんが行ってもなんの役にも立たないし、なにより悲しみに暮れる人たちにかける言葉がおれたちには見つからない、だから行けない。しかしその青年は「ガレキを片付ける必要もないし、励ましの言葉もいりません。ただ物見遊山で来てくれればいいんです。美味(うま)い魚を用意して待ってますから」と、そう言いました。

青年たちは、津波に流されて跡形もなくなってしまった町で「復幸祭」と銘打った「祭り」を開こうとしていました。「日本中が被災者の感情に配慮して花見も花火も自粛しているのに、当の被災者が祭りを開くとは何事だ」という批判にさらされる中で、彼らは「これ以上人に頼ることに慣れてはいけない。これから自分たちの力で町を作っていくんだから、自分たちが誰よりも前を向いていかないと。僕らが一番怖いのは、この町のことを忘れられてしまうこと。誰もここに来なくなったら復興なんてできません。だからとにかく今は多くの人に来てほしい」と、世間の批判をものともせずに賑やかな祭りを開催し、来場者には名物のサンマを無料で振る舞いました。

我々はそれから毎年その祭りに参加し、美味(おい)しい魚をたんまりとご馳走(ちそう)になり、酒を飲んでバカ笑いをし、手土産までもらって「おい！　来年も必ず来るからな！」と、半ば強制的に祭りへの参加を確約して帰るという図々しい所業をずっと続けてきました。

ところが昨年、コロナの影響で祭りが中止となり、今年も「残念ながら中止となりました」という連絡が来ました。震災から10年。テレビはこぞって「あの時」の映像を流し、「忘れてはいけない」という言葉を繰り返していました。私はそこに違和感をおぼえ、ほとんどニュースを見ることはありませんでした。そして「祭りがなくても行く」と、2年ぶりに女川を訪れることにしました。

数年前に再建された女川駅を降りると、まっすぐ海に向かって道が伸びていて、その両脇には町の名産品を売る「ハマテラス」と名付けられた商業施設が建っています。町長の発案で、そのまっすぐ伸びた道の先、正面の海から初日の出が拝めるように施設全体が設計されたそうです。おかげで大晦日（おおみそか）から元日にかけても多くの人で賑わうようになりました。

一方、海の近くには「あの時」に津波の直撃を受けて横転してしまった交番が、そのままの姿で残されています。「大人たちは全て片付けようとしたんだけど、子供たちの要望で残すことになったんです。おれたちは全部忘れたいんですけどね」と、そんな話を聞きました。女川の子供たちは、あの時のことをほとんど覚えていない世代。「本能的にこれは残しておくべきだと思ったんでしょうね。忘れちゃいけないって」。

女川の人たちの「忘れられるのが怖い」という思い、そして子供たちの「忘れちゃいけない」という思い。それに比べてテレビが繰り返していた「忘れてはいけない」というメッセージが、僕には「あの悲しさを忘れてはいけない」という情緒的なものにしか聞こえませんでした。

震災から10年が経ち、当時は青年だった彼らの頭にも白いものが目立ち始めてきました。「お前らもこの10年、ずいぶん苦労したんだなぁ」なんて言っていたら、「いやいや、コイツが言ったんですよ。人生には悲しいことと楽しいことが半分ずつあるとしたら、オレらはもう一生分の悲しい思いをしたんだから、これからの人生は楽しいことしかねぇぞって」。やっぱり彼らは今でもまっすぐに前を向いていました。

（4月1日）

監督の個性光る日本アニメ

まだ公表はできないんですが、あるアニメーション作品に声優として参加しました。これまでもいくつかのアニメに少しばかり声で出演する機会はありましたが、今回の作品は誰もが知っている世界的な大手映画会社による企画。つまり海外資本で作られるもので、その制作を請け負ったのが日本のアニメーション制作会社。私もオーディションを受けて見事に役をいただいたわけですけど、そんなことより私が常々思っているのは「日本のエンターテインメントの中で唯一世界に通用するものを作り続けているのはアニメ業界だ」ってことです。

「鬼滅の刃」が劇場を席巻し、「千と千尋の神隠し」を抜いて映画興行収入トップに躍り出ました。数年前は「君の名は。」がブームを引き起こし、現在は「シン・エヴァンゲリオン劇場版」の完結編が公開中で、こちらも大きな話題。海外に目を向けても日本のアニメは大人気。「ドラえもん」「ナルト」「ドラゴンボール」「ワンピース」「ポケモン」などなど、数え上げたらキリがない。一方、実写映画で世界中にその名を知られているといえば、世界のクロサワ！　それに小津安二郎！　そして北野武もそこそこ知られているだろうし、あとは……と、まぁアニメに比べたらなかなか名前が挙がらないわけです。

日本のアニメは世界に誇るべきもの。そんなふうに我々が意識したのは、ほんの少し前だったような気がします。それまでは「たかがマンガ」「子供が見るもの」としか思っていなかった。あとは一部のオタクが熱狂しているキワモノ扱い。つまりはずいぶんと下に見ていたわけです。

そもそも、なぜ日本のアニメは海外でも人気なのでしょうか。実は海外の方が「アニメは子供が見るもの」という意識が強かったようですね。「子供が見るもの」であるから、ストーリーはわかりやすく勧善懲悪。それに対して日本のアニメには勧善懲悪では済まされない複雑な人間関係が描かれ、ヒーローやヒロイン以外にも魅力的なキャラクターが多く登場する。そして、若干のエロティシズムさえも醸し出す。「子供が見るもの」と思えばなかなかそこまでのことはできません。

なぜそんな冒険ができたのかと言えば、アニメ（その原作となるマンガ）は「基本的にひとりの作者から生み出されるものだから」だと思うんです。ひとりで絵を描き、ひとりでストーリーを作る。とても個人的な作業です。さらに世間からは「下に見られていた」わけですから、良好とは言えない環境下で、個人で背負う部分が相当に大きかった。となればおのずと個人の感性が作品に直接注ぎ込まれていくわけです。

宮崎駿、新海誠、庵野秀明……アニメーション作品は、監督の名前がまず最初に頭に浮かびます。それだけ監督の個性が強烈に作品に投影されているからです。一方、海外のアニメはディズニーとかピクサーとか、映画会社の名前はすぐに浮かびますけど監督の名前は浮かびませんよね。予算も人員も日本とはケタ違いの規模で制作されている環境では「世界中でヒットさせるためのシステム」が確立されているんでしょうね。

考えてみれば日本社会の中で、これほどまでに個人の感性だけを頼りに生み出されるものってあるんでしょうか。実写映画やテレビ番組にしても、そのほとんどは出演者の人気に頼った「国内でヒットさせるためのシステム」を追って作られているのが現状です。

日本の企業も社会全体も、個人より集団の規律のようなものが大事にされているけれど、実は個人の感性にもっと頼った方が、案外と世界に通用するものができるんじゃないかと思うんです。

（4月15日）

希望へ、動き出した我が子たち

この春、我が家では3人の子供たちにそれぞれ大きな出来事がありました。

ひとつは、一番下の息子が大学を無事に卒業したのですが、残念ながら就職先が決まらなかったということ。この状況下ですから面接はすべてオンライン。「そりゃぁおまえみたいな無愛想なヤツが画面越しに面接受けたって好印象は与えられないわー」というのが家族の一致した意見。しかしながら彼はこれまでバイトに精を出し、そのいずれの職場でも働き者として頼りにされていたのは家族全員がよく知っているので、特に心配するわけでもなく、「ま、あいつならどこでもやっていけるわ」というのがこれまた家族で一致。息子も「とりあえず東京に出て生きてみますわ」と、大学時代を過ごした京都を離れ、友人のツテを頼りに東京へ引っ越しを決めたのでした。

僕の若いころは、いい大学を出て大企業に就職する、というのが揺るぎない目標でありましたが、今は大企業に勤めたからといって将来安泰という保証もなく、むしろ不安も多く、なにより大企業に勤めるサラリーマンたちが楽しそうに仕事をしているようにも見えないわけで。それよりも田舎でカフェかなんか開いたり、友人たちと起業する方がずっと将来に希望が見えるようで。

30年もサラリーマンを続けてきた僕自身、大企業による大量生産が今後も社会を豊かにする、とは思えないし、そこで働く人々も豊かにする、なんて到底思えないわけですから、息子の選択に対しては「うん、それでいいんじゃない」とうなずくだけです。

長女は大阪で学校の先生をやっていたんですけれども、この春、辞めました。生徒たちにはずいぶんと人気があり、慕われていたことは家族全員よく知っていましたが、彼女が先生を辞めることに対して驚きはありませんでした。彼女の忙し過ぎる日常を知っていたからです。「やりがいはものすごくあるんだけど、将来に希望が見えない」、彼女はそう言いました。以前、先輩の先生から「この歳になってもこんなもんだよ」と給与明細を見せられたそうです。生徒たちに慕われ、それに報いようと朝から晩まで働いても、先生という仕事に対して社会が報いようとはしない。その現実をわかってしまったんです。若いうちなら、それでもがむしゃらに働けるだろうけれど、それをこれから何十年も続けていくのかと想像してみれば、彼女が下した決断には「そりゃそうだろう」とうなずくだけです。

もうひとり、大学を中退して以来ずっと大阪で引きこもり生活を続けていた次女がこの春、なにを思ったのか臨時職員として働き出しました。「面接に行ったらこんな私でも受かっちゃってさ、ビビったわ」と。もともと集団生活には馴染めないタチで、体も丈夫ではないけれど、早朝から数時間だけのあまり他人と接しない仕事を見つけたようです。こんな色あせた春に、彼女は長い冬眠から這い出して社会に出ようとしていました。

日本中の大人たちが「これからどうなるんだろう」と立ち止まり、先行きを見定められない状況の中で、三人の子供たちは、それぞれに自分の意思で動き出したようです。そう、若い世代の人たちはこの先に、なにかしらの希望を見出すために動かないといけないんです。大丈夫、動いていればそのうちなにか見つかるさ。キミらは不甲斐ない大人たちを尻目に先を行け。

（5月20日）

五郎さんの情けなさ、愛おしい

最近ずっとドラマ「北の国から」を動画配信サイトで観ています。テレビ放送がスタートしたのは１９８１年。もう40年も前のことですから観たことのない人もきっと多いでしょう。

主人公は田中邦衛さん演じる黒板五郎というさえない中年男。五郎は妻の浮気を目撃し、二人の子供を連れて故郷の富良野に帰ってしまう。生家は廃屋に成り果てて電気も水道もない。東京からいきなりそんなところで生活を始めることになった小学生の兄妹・純と螢はすっかり面食らう。そんな場面から物語がスタートします。

レギュラーシリーズは81年秋から82年春にかけて全24話が放送され、その後は数年ごとにスペシャル版が計８本放送されました。最後の放送が２００２年ですから、実に二十年にも及ぶ父と子の話がドラマとして展開されたわけです。

脚本は倉本聰さん。ご自身も東京から富良野に移り住んだ方ですから、このドラマにはその時々の北海道の空気がしっかり描かれていて、だからドラマというよりドキュメンタリーに近い感覚を抱かせます。今でも五郎さんは富良野に住んでるんじゃないかって思うぐらいに、それはとてもリアルです。

普通ドラマってのは、それこそドラマチックにストーリーが展開していくものです。「半沢直樹」なんてのはその典型で、そりゃもう我慢に我慢を重ねて、そのたんびに目ぇ吊り上げて「倍返しだ!」といきりたってね、そして最後は大逆転するわけですよ。相手は土下座だ。見ているこっちも痛快ですよ。

ところが黒板五郎さんってのは、同じように我慢に我慢を重ねるんだけど、そのたんびに目尻下げて「なんもだ」としょぼくれてね、たまに「もぉいっぺん言ってみろぉ!」なんつっていきりたつのは酒飲んで酔っ払ったときぐらいでね、だいたい息子の純に「父さんは情けない」なんてナレーション付けられるのが関の山。ちっともドラマチックじゃない。痛快な大逆転なんて一回も見たことないですもん。

純が女の子を妊娠させちゃったときもね、「も、あやまっちゃお、父さんあやまるの得意だから」なんつって、手土産差し出してあっさり土下座ですから。手土産はカボチャですよ。そんで相手から「誠意がない」って言われちゃって、見てるこっちは「五郎さんもうやめなって……」と、目を伏せちゃいますからね。

でもねぇ、半沢直樹みたいな人って会社にいませんよね。半沢に嫌がらせするような人ならいますよ。「あぁいう人いるぅー」って、わりとリアルに顔が浮かびますけど、半沢直樹にはとんとリアリティーがない。

それはつまり我々の日常ってのは、罵倒され、なんら改善策が見つからない、もどかしいドラマ前半部分だけが日々繰り返されていて、「よし！　こっから面白くなるぞ」っていう後半部分にはいつまでたってもたどり着かないというね、「そんなドラマ見たかねぇよ！」って感じが現実なんですよね。

でも五郎さんみたいな人ってのはたくさんいて、なにより自分の中に五郎的な情けない部分をビンビンに感じるわけでね。だからうまくいかない五郎さんにいつのまにかボロボロと涙してしまうんです。でもその涙は悲しさではなくて、愛おしさなんですよね。ドラマチックな大逆転なんてない、自分たちの日常への愛おしさ。そこに気付かせてくれるのが「北の国から」っていうドラマなんです。

僕は「北の国から」は、世界に誇るべき日本代表のドラマだと思っています。

（6月3日）

若者を信じよう、文句言う前に

大学時代の話です。授業にはほとんど出ず、もっぱら生活の中心はラグビー部でした。熱心に練習はしていたものの、それ以外はもっぱら部の連中と無為な時間を過ごしていました。あれはちょうど今ぐらいの時期だったでしょうか、いつものようにラグビー部の同期数人で部屋飲みをしていたんですけども、ヒマに任せて友人の顔に僕が落書きを始めたんですね。絵の具を使って、当時流行っていたロックバンド「聖飢魔II」のメイクを忠実に。これが結構上手く描けたもんだから調子に乗って飲んでる連中を次々に「聖飢魔II」のメンバーに仕立て上げ、自分にはデーモン閣下のメイクを施しましてフルメンバーが勢ぞろい。

「これは誰かに見せなきゃもったいない」ということで、長い冬が終わった解放感もあったんでしょうね、近くの地下鉄北34条駅の改札口にズラリとメンバーが並びまして「お前も蠟人形にしてやろうかぁー」と、聖飢魔Ⅱの歌のフレーズをがなっていたんですけれども、誰もが顔を伏せて足早に通り過ぎるばかり。「いかんいかん、誰も見てくれないじゃないか」「ならば後輩たちに見てもらおう」と、いうことでフルメンバー颯爽と夜の町を行進して後輩たちの下宿に向かったのでありました。

「おーい、開けろー」とデーモン閣下ばりの低いトーンで呼び出すと後輩はめんどくさそうに「なんすかー」とドアを開ける。そこには「聖飢魔Ⅱ」のメンバーがズラリ。間髪を入れずにボーカルのデーモン閣下が歌い出す。「おまえをドラえもんにしてやろうかぁー」「えっなに言ってんすか」と、戸惑っている間に青い絵の具を取り出して後輩をドラえもんに仕立て上げ、聖飢魔Ⅱの行進に加えましてさらに後輩宅を次々と襲撃、いつしかその隊列は「顔だけ仮装行列」の様相を呈しながら札幌駅方面に南下を続けておりました。

　すると恥ずかしくなったのか、ダッコちゃん人形に仕立て上げた後輩が逃亡を図りました。「捕まえますか!」とドラえもんが叫びましたが、私は「大丈夫だ。ひとりになった方がよっぽど恥ずかしい」とそのまま行進を続けました。やがてダッコちゃんは下を向いて隊列の最後尾に戻ってきました。

そんなふざけたラグビー部の先輩に、普段はおとなしいんだけど酔っぱらうと踊りながら「スーダラ節」を歌う先輩がおりまして、そのあまりに陽気な歌に心惹かれて僕もクレイジーキャッツを聞くようになりました。「サラリーマンは気楽な稼業ときたもんだ」「そのうちなんとかなるだろう」なんて明るく歌う植木等さんの歌声をずっと青春時代に聞いていたせいでしょうか、この歳になっても未だに学生気分が抜けないままでいるような気がします。あれからずいぶんと月日が流れ、サラリーマンは気楽ではなくなり、「そのうちなんとかなるだろう」なんて言えないご時世となりましたが、今こそ大人たちは虚勢を張ってでも陽気に振る舞う時ではないでしょうか。

僕がクレイジーキャッツで一番好きなのが「学生節」という歌です。歌詞を要約するとこんな感じです。「お父さん、ひとこと文句を言う前に、まずはあんたの息子を信じなさい。世の中これからどうなるかわからない。あんたの知らない未来がある。お父さんが立ち入れない息子の世界がある」。若者たちに文句を言う前に、彼らをもっと信じてあげましょうよ。

（6月17日）

「水どう」と重なる、コンビの軌跡

１９９５年の春、僕は東京支社の編成業務部から札幌本社制作部に異動となって、初めて番組制作に携わることとなりました。当時すでに30歳でしたからキャリアのスタートとしてはかなり遅い方です。当初は「モザイクな夜」という深夜番組のディレクターをやりながら、経験を積むためにスポーツ中継など他の番組にも見習いとしてかり出されておりました。

その中のひとつに、開設されたばかりの吉本興業札幌事務所が主催するオーディションの番組がありました。笑いの殿堂・吉本興業がいよいよ札幌に進出し、北海道からお笑いタレントを発掘しようという試みです。番組は月に一度。芸人を目指す道内の若者たちが舞台でネタを披露して審査を受け、得点が高い者は翌月も舞台に立てる。

出場者の中に明らかに異彩を放つ二人組がいました。彼らは、僕が制作部に異動してきたのと同じその年の春に札幌の高校を卒業し、芸人の世界に足を踏み入れようとしていた若者でした。多くの出場者が舞台でアガってしまってしどろもどろになるのを尻目に、彼らだけはベテラン漫才師のように堂々としていて、それは逆に笑えないほどの実力の高さでした。まだ10代だった彼らは圧倒的に漫才が上手（うま）かったのです。

しかし残念ながら彼らが活躍していたその番組は数カ月で終了となり、同じころ僕が配属されていた「モザイクな夜」も打ち切りとなって、多くのディレクターたちは新たに立ち上がった昼の情報番組へと異動していきました。「ひるパラくらぶ思うツボ！」という、その新番組のレポーターに起用されたのが、あの圧倒的に漫才が上手い二人組でした。彼らにとってはそれが、初のテレビ番組のレギュラー出演となりました。その一方で、ようやく見習い期間を終えた僕は、深夜帯で新たな番組を立ち上げることになります。その出演者に起用したのは、札幌で演劇をやっていた素人の大学生。それが大泉洋で、その番組というのが、翌年秋にスタートした「水曜どうでしょう」です。

「水曜どうでしょう」はやがて北海道の人気番組へと成長していきますが、6年後の

2002年、道内でのレギュラー放送を終えてDVDの制作に取り掛かり、その発売を契機に全国的に知られる番組になっていきます。その同じ2002年、あの漫才コンビは北海道を出て東京へと進出します。すると彼らは北海道で持て余していたその圧倒的な実力を発揮して、あっという間に売れっ子芸人となっていきました。そうです、そのコンビとは「タカアンドトシ」。僕は、高校を卒業したばかりの彼らの姿を舞台で見たまま、それ以降は全く接点がなかったのですが、振り返ってみると不思議とその年表は「水曜どうでしょう」の生い立ちと重なります。

そんな彼らと、ようやく話をする機会に恵まれました。顔を合わせた瞬間から話が止まりませんでした。素人だった大泉洋がどんどん人気者になっていったあのころの北海道で、彼らは地道に舞台に立ち続けていました。タカはあの当時、悔しくてしょうがなかったそうです。「オレらがやった方がもっと面白い番組になる！って、ずっとコイツ言ってましたよ」と、トシが笑いながら言いました。20年以上の時を経て、今だから話せるあのころのコト。ニコニコ動画の「水曜日のおじさんたち」というチャンネルで、そんな裏話がたっぷり聞けます。

（7月1日）

個人巻き込む「プロデュース論」

年に1回、神戸にある流通科学大学で特別講師をやっています。内容は「プロデュース論」。英語本来の「プロデュース」とは単に「生産する」という意味ですが、日本では「映像や音楽、イベントなどを企画し予算を立てて実行する」といった感じの、ちょっとカッコいい意味で使われています。映画やテレビの「プロデューサー」から来る印象なんでしょうけど、私は別に誰だって「自分で何かを始めよう」と思い立てば、それがもう「プロデュース」だと捉えています。

たとえばアナタが「家庭菜園でもやってみようか」と思い立ったとします。「さて何を植えようか」と考える。「私が好きなトマトにしよう」と決めて庭に出る。ふと見れば荒れた地面が目に入る。家の中にいるダンナさんに「ちょっと土を起こすの手伝ってくれる？」と声をかける。「やれやれ」と、めんどくさそうにダンナさんが庭に出てくる。すかさず「ありがとう！　おかげで美味（おい）しいトマトができるわ」みたいな浮いた言葉をかけて、さらに「これが出来たら自家製トマトパスタを一緒に食べましょうね」なんつって将来展望まで語ってダンナさんに追い打ちをかける。ここまでやればさすがにダンナも「わかったわかった、ホラその鍬（くわ）よこせ」なんつって男気見せて力強く地面を掘り返すわけです。これがすなわち「プロデュース」です。

　自分の思いつきを実現するために、自分にはできない力仕事をダンナさんにやってもらう。つまり僕が思う「プロデュース論」とは「自分で何かを始めようとするときに、いかにして他人を巻き込むか」という方法論になるわけです。授業ではまずこんな試みから始めてみました。これからの90分間、私にどんな話をして欲しいか、それぞれリクエストしてください。それについて私が話します。つまり、アナタたちがこの授業をプロデュースするわけです。そうして集まったリクエストに対して、中にはどうでもいい質問も多々ありましたが、答えていきました。答えながら学生の顔をひとりひとり見ていきます。私の顔をまっすぐ見て頷いている学生がいるかどうか。つまり、プロデュースしている学生自身が、そこに巻き込まれている私を「気持ち良くしているかどうか」ってことですね。奥さんがダンナさんの男気を引き出して好きなトマトを作るように、私が乗ってくれれば、おのずとその学生に対する答えも熱心になってくる。

ここでさらに大事なことは「より多くの学生が私の話を聞いているか」ってことです。家庭菜園ならダンナさんを巻き込むだけでいいんですが、これは授業ですから私だけでなく他の学生も巻き込まなければ「授業をプロデュースしている」とは言えないわけです。そのためには自分だけでなく、他の学生にも興味が湧くようなリクエストをしなければいけない。さて、学生諸君。これまでは大量生産、大量消費によって社会が豊かになってきましたから、大きな組織に属し、言われたことだけやっていれば相応な対価を得られました。でもその結果、地球環境に大きなダメージを与えてしまって、今は世界的に「持続可能な社会」を目指しています。目標がガラリと変わっちゃったわけです。旧来の組織はどんどん解体されて、もう「歯車のような人材」は不要になってきた。自分で何かを始められるような人材だけが求められている。

つまりこれからは「プロデュースが一番大事なんだよ」って、そんな話をしました。

（7月15日）

文化の行事、気軽に楽しんでこそ

10年ほど前の夏、イギリスのエディンバラで開催される世界最大規模の演劇祭を訪れたことがあります。イギリスといえばシェークスピア、演劇の本場、そんなイメージもあってちょっとかしこまっていたんですけど、行ってみたらそれは大間違い。

ちゃんとした劇場だけでなく、それこそ学校の教室もレストランも屋外に立てたテントの中も、ちょっとしたスペースがあればそこが会場となり、出し物も演劇だけじゃなく、ふざけたコメディーショーから民族舞踊まで幅広い。「アラビアンナイト」と題された演目を観(み)に行ったら出演者は高校生で、セリフは棒読み、それはまさに学校祭の余興レベルでありました。そうかと思えば、世界的に有名なパフォーマンスを

「演劇祭」というよりも「学校祭」に近い、明るく賑やかな雰囲気でした。

格安で見ることもできる。演目は数千を数え、会期は8月の3週間ほど。その間、エディンバラの歴史的な街並みは世界中からやって来た観客で一日中活気に満ちあふれている。「ずっとここに身を置いていたい！」。そう思いました。「文化の力」をまさに肌で感じたのでありました。

ところが、この演劇祭の成り立ちを聞いてみると、そこには意外な事実がありました。時は第二次世界大戦が終わって間もないころ、「人間精神の開花のための基礎を提供する」という崇高な目標を掲げて「エディンバラ国際フェスティバル」という、文化芸術を振興するおカタい催しが計画されました。すると、それを聞きつけたいくつかの劇団が正式な許可も受けずに勝手にエディンバラで同時期に自主公演を打ったというのです。「フェスティバルに来た客をいただこう」っていう寸法ですね。いわゆる「もぐり」ってやつです。その目論み（もくろ）は見事に当たり、それを聞きつけた劇団があちこちから集まるようになり、さらに演劇以外のパフォーマーたちもその時期にエディンバラに集まるようになって、今ではフェスティバルのメインがこの演劇祭のように思われてしまっている、ということなんだそうです。公式行事より非公式の方が盛り上がっちゃったんですね。

演劇祭の正式名称は「エディンバラ・フェスティバル・フリンジ」。「フリンジ」とは「端っこの飾り」という意味。あくまでも「こっちはメインじゃない」ってことなんですけど、あの玉石混淆の、まさに学校祭のような「フリンジ」があるからこそ、世界中から人が集まり、文化を身近に感じることができるんですよね。そんなカオスな雰囲気を作り出したのは間違いなく「正式な許可も受けずに勝手に始めた」というところに起因するのでしょう。

わが町、札幌にも様々な文化芸術イベントがあります。音楽関連ならパシフィック・ミュージック・フェスティバルやサッポロ・シティ・ジャズ、そして演劇なら札幌演劇シーズン。エディンバラの例を見れば、これらの公式行事はあくまでもきっかけで、そこに「市民が勝手に楽しむ姿勢」があって初めてその土地の文化が花開くということです。日本人の気質を考えれば、なかなか「許可も受けずに勝手に」というのは難しいことですから、まずは公式行事に足を運ぶことから始めてみてはどうでしょう。

ちょうど「札幌演劇シーズン２０２１夏」が始まっています。僕も役者として参加したことがあります。ちょっと軽い気持ちで観に行ってみません?

（8月5日）

割と過酷な湯治、心に効いた

　仕事である温泉場を訪れたときのことです。時間があったので日帰り入浴をしてみました。総ヒバ造りの湯船に白濁したお湯、入ってみればそのお湯が体に染み入るような気持ち良さがある。

　風呂上がりに説明文を読んでみると、ここは数百年もの歴史がある古い湯治場で、1日5回ないし6回の入浴を10日間続けることにより効能が顕著にあらわれる、そう書いてありました。「いやいや10日間って！　そりゃ長過ぎんだろ！」と、そのときは一笑に付したわけですけれども、その数週間後、私は再びその温泉場の前に立っていました。

　あのあと考えたんです。「ひとりで湯治場にこもって風呂に入るだけの生活をできるのは逆に今しかないんじゃないか？」、さらに「自分のような健康な男が10日間も湯治をしたらどうなるのか？」という実験的な興味も湧き上がり、スケジュールを調整して、実際に10日間にも及ぶ湯治をやってみることにしたのです。

「きっとヒマだろうから」とダンボールいっぱいの本を用意して6畳一間の質素な部屋に入ります。説明文によると1回の入浴は20分から30分程度で、その後は1時間以上の休憩を挟んで再び入浴をすると。ふんふん、なるほど、1回の入浴で最低1時間半かかるわけだな。で、これを6回繰り返す。「ん？　ちょっと待て、1時間半で6回ってことは、え？　8時間もかかるの！」。

つまり私はこれからサラリーマンの勤務時間と同じだけ風呂に入り続けるというわけです。さらに温泉療法には適度な運動も必要とあったので、私は入浴の合間に2時間のウォーキングを組み入れておりましたから合計で10時間。「えっ？　これは割と過酷じゃないか！」。

そうして私は翌日からスケジュール通り、朝5時に起きて風呂に入り、朝食を食べたら2時間のウォーキングに出かけ、帰ってきたらまた風呂。1時間休んだらまた風呂。これを夜7時まで6回繰り返して夕食。その合間にテレワークで仕事。本なんか

1ページもめくることなく10日間の湯治生活を終えました。

結果、体調が良くなったかどうかは分かりません。もともと体は健康でしたからね。でも、精神面に大きな変化がありました。「心の奥底が落ち着いた」とでも言いましょうか。

わかりやすく言うと、みなさんも温泉につかったとき思わず「ハァ～」と声が出るでしょう？ そしてお湯から上がって休憩室に寝っ転がると、心地よい疲労感に包まれて、また「ハァ～」と一息つくでしょう？ あの「ハァ～」ってなってるときって、なぁーんにも考えてないんですよね。ぽかぽかとした体の感覚にすべてをゆだねているような状態。

湯治生活ではその感覚が1日中続くわけです。3日目を過ぎたあたりからは体に温泉成分が染み付いて、布団に入っても硫黄の匂いがする。こうなるともう、寝てたって温泉に入っているような感じで「ハァ～」って一息ついたままコテっと寝ちゃう。

体は病んでいなくても「気が病む」ってことは私にだって日常的によくあることです。でも私はあの10日間で「心の落ち着く場」を見つけたような気がするんです。湯治は、不眠症やうつ病といった精神的な病に効能があるそうですね。

もしも私が今後、本当に精神的に参ってしまうようなことがあったとしたら、私は迷わずあの湯治場に行こうと思います。「湯治場」とは、すなわち「心の逃避場」でもあるんですね。この湯治体験の様子は、ユーチューブの「水曜どうでそうＴＶ」で配信中です。

（９月２日）

感染の恐怖、おびえ続けぬために

その日の夜は東京で生放送の出演があったので、念のためにPCR検査を受けに行きました。最短2時間で結果が出るというクイック検査でしたが、2時間経たないうちに検査結果を知らせるメールが届きました。「PCR検査の結果は、陽性でした」と、そう書いてありました。「え？　陽性ってダメなんだっけ？　あれ？」。不意を突かれた感じでしたね。だって熱もないし、体調も普段と変わらないし、まったく自覚がなかったですからね。

当然その日の出演はキャンセルとなり、そのまま東京のホテルで10日間の療養生活に突入しました。ネットニュースで私が陽性になったことが流れ、いろんな方から病状を心配するメールが届きました。「大丈夫ですか？」「できることがあればなんでも言ってください」と、みなさん本当に気を遣ってくださいました。とてもありがたかったんですけど、「無症状なんで大丈夫なんですよ」と返信すると「今は大丈夫でも突然症状が悪化しますから気をつけて下さい」と、みなさんそう返してくるんですね。

なかには事細かに症例が悪化した事例を書いてくれる方もいらっしゃって、もちろん私のことを心配してのことなんですけど、それを見るたびに胸が痛くなって。「もしかしたら1時間後、急に熱が上がってひどいことになるかもしれん」と、部屋中に不安が充満してきて。体温計がピピッと鳴るたびにドキドキして、数値を確認するのが怖くなって……。

「これではダメだ」と、3日目からはスマホを遠ざけ、テレビのニュースは一切見ずに、とにかくオリンピックだけを熱心に見ていました。賛否両論ありましたが療養中の私にとっては「やってくれて良かった！」と、まさしく気が晴れたんですけど、たまに画面の上の方に「今日の東京の感染者数は……」なんて字幕が出てきて「おぅ…」とうなだれてしまうことも多々あり……。

結局は無症状のまま10日間の療養を終えて札幌に戻りました。言うまでもなく一番心配していたのは妻であり子供たちで、その心労は私よりもずっと大きかっただろうと思います。いくら私が毎日「元気だよ」と報告しても、翌日にはまた心配になり、心は散々痛めつけられました。私の家族を苦しめた原因は、間違いなく「恐怖」でした。

「もうそろそろ恐怖で縛り付けるのはやめて、感染者の多くを占める軽症者や私のような無症状者、その家族の精神的なケアも考えていくべきではないのか?」、そんなコメントを療養明けにユーチューブで配信しました。すると思わぬ反論を受けました。「それは無症状だったから言えること」「苦しんでる重症者や頑張ってる医療関係者にそんな楽観的な意見を言えるのか」と。

確かに私が重症であったら「やはりコロナは怖い」と言ったのかもしれません。でも2年近くも経過したコロナ禍で、自分の体験した恐怖をさらに人々に語ろうとは思わなかったでしょう。なぜなら、私は今後も感染症は発生し続けるだろうと思っているからです。この恐怖はまだ続くと思っているからです。つまり楽観的ではなく、むしろ悲観的に考えているからです。

恐怖に怯(おび)え続けると人は攻撃的になり、刹那(せつな)的な安心を求め、将来的な展望を閉ざしてしまいます。そうならないために、「今後も感染症の恐怖は消えないだろう」という前提に立って、それでも、なんとか社会を安定させるような思考に切り替えていく必要があると、感染した私は思ったのです。

（9月16日）

「いい人ブーム」、怖いところも

ポケモンGOが大ブームとなったのは5年ほど前。いい大人が街角にたむろしてスマホに指を滑らせてヒュンヒュンとボールを投げてました。ええもう私だって熱心に投げ込んでましたよ。指紋がなくなるんじゃないかってぐらいにカーブを多用してね。でも1年ぐらいで私はあっさりと引退、やがて街角からもモンスターボールを投げる人の姿は消えていきましたね。

ところが最近、まだ熱心に現役を続けている人に出会って「まだやってんのぉー!」なんて半分小バカにしてたんですけど、「久しぶりにやってみようかな」とちょっと手を出したらあっさり現役に復帰。連日の登板で指紋と充電を無駄にすり減らしてます。

先日も川沿いのサイクリングロードをチラチラとスマホを見ながらポケモン探し。「いたいた！」なんつってモンスターボールを投げ込んでおりましたら、前から走ってきた自転車にすれ違いざま「歩きながらスマホ見てんじゃねぇよ！」と言われまして。振り返ると高校生らしき後ろ姿。一瞬、ムカッとしましたね。「なんだあの言い方は」と。「最近の高校生はみんないい子っぽいのにあのヤロー」と。

僕が中高生のころは校内暴力真っ盛りで、まっすぐ前を見て歩いてたって「なにガン飛ばしてんだよ」なんつって理不尽なイチャモンをつけられるような時代でした。ラグビーの対外試合でタックルしたら「ノーサイド」どころか「テメェあとでおぼえとけよ」なんて言われるし。クラスの半数近くは校則違反の長ランっていう裾の長い学生服にブカブカのズボン穿いてましたしね。

でもあれって、思い返してみれば単なるブームだったんですよね。クラスの半分がワルなわけないんです。いい子もたくさんいた。でもみんなブームだったから街角でたむろしてガンを飛ばしてたんです。ポケモンGOとおんなじです。

大人だって乱暴で、お父さんってのはだいたい怖い存在でしたよね。友達の家で遊んでて「そろそろお父さんが帰ってくる」って言われるとなぜかすぐ帰りましたもん。

あれも「怖いお父さんブーム」だったんでしょうね。「巨人の星」とか「寺内貫太郎一家」なんかの影響でしょうか。

これが今は、どこのお父さんもだいたい「優しいパパ」ですもんね。ちゃぶ台ひっくり返す親父のドラマなんか今ないですもん。多くの大人が「いい人っぽい」。例えばね、最近エレベーターを降りる時にずっと出口で開ボタンを押してくれてる人が多いじゃないですか。礼儀正しく「お先にどうぞ」ってね。でもね、出張続きで大きなキャリーバッグを引いてる私にとっては先にサッと降りてもらった方がよっぽど助かるんですよね。

きっとこれもブームなんでしょうね。昔よりずっといいんですけど、でもこの「いい人ブーム」の怖いところは、ワルい人への耐性が弱まって、乱暴な口調で言われると極度に怯えてしまう人が続出していることです。そんな人は「今はみんなブームに乗っていい人っぽく振る舞っているだけ」と肝に銘じておくべきです。

逆に「なんだその言い方は！」と腹を立てる人もいますね。「恐れ入りますが、歩きスマホは危険ですのでお控えくださいますようお願いしますと言え！」みたいなね。自分が悪いのに「オマエの礼儀がなってない方がもっと問題だ！」という理不尽な怒りを正当化してしまう怖さです。
最後にお詫びです。「歩きながらポケモンやってた私が悪かったです！　すいませんでした！」。

（10月7日）

故郷ではない、でもスゴイよ

大学に入るまでは名古屋に住んでおりまして、冬になれば長野県までわざわざスキーに行っていました。小学生のころは父親に連れられて、中学生になるとスキーバスに参加して、高校時代には友達と連れ立って夜行バスに乗り民宿に泊まって、一日中滑りまくって、それはそれは熱心に通っていたものです。

ところが北海道に住むようになると不思議なことにスキー熱がみるみる冷めていきましてね。今となってはスキー場まで車で10分という好立地に自宅を構えていながら、まったくスキーをしなくなりまして。

こういうことってありますよね。「いつでも行けるから」という余裕が心にあると、人は興味の対象を他に探し出すようになるんですよね。評判を聞いてわざわざ遠くのラーメン屋まで行って「来た甲斐（かい）あったわぁ！　こんな店がウチの近くにあれば毎日でも通うのになぁ」なんて言うけど、そんな人に限って絶対毎日通わないですよね。だって毎日食ってたら飽きるし、やっぱりなかなか行けない店の方についつい興味を奪われてしまいますもんね。

どんなに楽しいことでも、どんなに美味（うま）いものでも、それがいつでも手の届くものになってしまうと途端に興味を失い、その魅力すら忘れてしまう。私にとっては「北海道」という土地がまさにそうでして。

北の大地に憧れて北大に入学し、そりゃあ最初のころは北海道中をめったやたらに走り回りましたよ。「やっぱり北海道は広いなぁ！」「本州とは全然違う！」と、興奮してました。

でも3年ぐらいで飽きましてね。「結局どこに行っても同じじゃねぇか」と「ただ広いだけで本州のような情緒がない」と、北海道のマイナス面ばかりが逆に目に付くようになっていきました。

北海道は面白くない。だから「水曜どうでしょう」という番組は、北海道を出て日本全国、世界各国に興味の対象を向けていったのです。あんなにもあっさりと北海道を捨てた番組を作れたのは、ここが僕の故郷ではなかったからだと思います。地元の名古屋から興味の対象を広げて北海道にやって来ただけの僕ですから。

　でも出演者の鈴井貴之さんと大泉洋さんは生粋の道産子です。彼らは過酷な旅に出るたびに「早く北海道に帰りてぇー」とボヤいていました。彼らにとっては北海道が故郷だからです。理屈ではなく「自分にとってはやっぱり近所のラーメン屋の味が世界一！」という強い地元愛があるからです。でもそれこそが「水曜どうでしょう」が道民に支持された大きな理由でもありました。

　先日、ある番組の取材で知床(しれとこ)を訪れました。大学時代に行ったきり、僕にとってはほぼ30年ぶりです。目の前に知床五湖の水面が澄み渡り、右手に知床連山、左手に群青のオホーツク海。もうね、山と湖と海が、僕の小さな視界の中にいっぺんに入り込んできてただただ圧倒されました。「こんなダイナミックな景観は世界中にここだけです」。ガイドさんが自信たっぷりに言いました。

　大学時代の僕なら「それは大げさだ」と言うでしょう。でも今は違います。「まったくその通り！　ヨーロッパでもアラスカでもアフリカでもこんな景色は見たことがない！」と断言できます。

北海道は僕の生まれ故郷ではないから、今でも無償の地元愛みたいなものはないんだけれど、でもね、「北海道はやっぱスゴイよ！」と、あらためて道産子たちに言いたいです。

（10月21日）

欽ちゃん80歳、温かい笑い健在

このコラムがスタートして7年ほど経ちましたでしょうか。その最初のころ、萩本欽一さんに初めてお会いしたときの話を書きました（『笑ってる場合かヒゲ1』収録）。日本のバラエティー番組を作り出し、牽引（けんいん）してきた欽ちゃん。でもいつしかテレビから遠ざかっていった欽ちゃん。そんな欽ちゃんに「最近テレビで面白いことをやっている人がいるから会ってみませんか」と、ある方が私を紹介してくれました。

場所は東京青山のスペイン料理店。「とにかく対面したら萩本さん、ではなく遠慮なく欽ちゃん、と呼んでください」と言われました。ご本人の希望だそうです。かしこまった付き合いが嫌いなんですね。けれども「いやいや！　いきなり初対面の大御所に、ちゃん付けは無理でしょ！」と緊張しながら待っていると、カランコロンとお店のドアが開き、小さいころからずっとテレビで見ていた欽ちゃんが一人でふらっと入ってきました。その姿がまさに「欽ちゃん」そのもので、私は思わず「あー欽ちゃん！」と呼んでいました。それから5時間、欽ちゃんはテレビのこと、笑いのことを身振り手振りを交えてしゃべり続け、盛り上がりすぎて「もう少しお静かに」と、お店の方に注意されるほどでした。

その後、北海道で欽ちゃんを主演にした映画を製作する話が持ち上がり、さらに親交を深めましたが、残念ながらその計画は立ち消えとなってしまいました。

先日「進め！電波少年」のプロデューサー、日本テレビの土屋敏男（つちやとしお）さんからオファーを受けて、彼がＷＯＷＯＷでやっている番組に出演しました。思いがけず欽ちゃんの話題になり、聞けば土屋さんは年老いていく欽ちゃんをもう一度ステージに引っ張り出し、強引にライブイベントをスタートさせたとのこと。タイトルは「欽ちゃん80歳の挑戦」。それは見てみたい！　そして欽ちゃんにもう一度会いたい！　そう土屋さんに伝えると「じゃぁゲスト出演してくださいよ」ということで私、喜び勇んで行ってきました。

場所は新宿の小さなライブハウス。事前になんの打ち合わせもなく、何をやるのかもまったくわからない。土屋さんに聞いても「さぁどうなるんですかねぇ」とのんきに首をかしげるばかり。やがてぬるっとステージの幕が開き、ひょこっと欽ちゃんが登場。7年前にお会いしたころよりも当然のことながら歳をとり、滑舌も少しおぼつかない。正直「大丈夫かなぁ」と心配になりました。

舞台はすべて欽ちゃんのアドリブで進行していきます。「今日はね、前回よりも少し動いてみます」と、ご自身の笑いの作り方をステージ上で実践していきます。「ダメだねぇ、昔はもっと動いたんだけどねぇ」なんて言いながら試行錯誤を繰り返す。

「ホント大丈夫かなぁ」と客席の誰もが思っていたことでしょう。

でもね、だんだん面白くなってきたんですよ。いつのまにか客席の笑い声がどんどん大きくなってきた。気がつけば私自身、声を出して笑っている。その笑いの質は、昔テレビで見ていた欽ちゃんの番組と同じ、朗らかで清々(すがすが)しいものでした。

あのころ、子供からお年寄りまで、日本中を温かい笑いで包み込んでいた欽ちゃん。思えばあんな笑いを提供してくれる人がテレビからいなくなってしまいました。「欽ちゃんの笑いを忘れるなよ」。土屋さんのそんな思いが伝わりました。

このライブの様子はユーチューブで見ることができます。「欽ちゃん80歳の挑戦10

月31日」。恥ずかしながらゲスト出演しています。

（11月18日）

常識外れのボスと「革新の本質」

驚きましたねぇ。日本ハムの新監督に新庄剛志(しんじょうつよし)さんとは。初めて聞いた時「え？ウソ！」という言葉と同時に、心がパァーッと晴れていくのがわかりました。「楽しそう！」「どんなチームになるんだろう！」「開幕戦が待ち遠しいぞ！」と。

でもそのあと冷静になってこんなことも考えました。「あの強烈なキャラクターについていけない選手もいるんだろうなぁ」「負け続けたら手のひらを返したようにたたかれるんだろうなぁ」と。みなさんも、同じようなことを思ったでしょう。

日ハムのファンであればもちろん好成績を残して欲しいと願ってはいるものの、でも「そう簡単にはいかないだろうな」と、保険を自分に掛けておくような心理状態。

一方ライバルチームのファンであれば「プロ野球が盛り上がるのはいいことだけど、

でもそう簡単にはいかないよ」と、ハナから好結果を望まない心理。いずれにしても世の中、革新的で目新しいことが始まると、「楽しみですね」という賛辞を寄せるのは最初だけで、すぐに「でも難しいでしょうね」というネガティブな心理へと変貌していくものです。

つまり世間は、それがいくら夢のあることであれ急激な変革を望んではおらず「やっぱり無理なんだよ」というところに落ち着こうとしてしまうのです。

だから「水曜どうでしょう」を始める時、内容がローカル番組としては革新的であったからこそ、あえて低姿勢を装いました。「こんな番組作ってみましたけど、どうでしょう?」と、視聴者におうかがいをたてるような姿勢です。そうすれば「確かに変わってるけど、まぁこんな番組もいいんじゃない」と受け流してもらえるだろうという計算がありました。これが華々しく「革命的な番組がいよいよスタート!」その名も「水曜どうだッ!」になってしまうと、多くの人が「失敗すればいい」と思ってしまいますからね。

ところが新庄さんはいきなり度を超えた襟の高さで華々しく就任会見を開きました。そこには、彼の度を超えたポジティブさで、しょっぱなから世間に渦巻く小さなネガティブさを吹き飛ばしてやろうという堂々たる姿勢が見えました。でも彼は、ただ夢のようなことを語ったのではなく、ビジョンを提示しました。「優勝なんて狙いません」という言葉に、彼の目指す革新の本質が見えたのです。

「水曜どうでしょう」は「地元民をターゲットに作るローカル番組」の常識を外れて全国に展開し、「高視聴率を獲得して広告収入を得る」というテレビ界の常識から外れ、全国に散らばるコアなファンに対してＤＶＤやグッズを販売することで利益を獲得しました。番組内容が普通とは違っていたからこそ、視聴率競争に参戦するのではなく、普通とは違うやり方で利益を得たわけです。

新庄さんの「ノーヒットでも勝てるような野球」「投手３人、野手４人のタレントが生まれれば」という言葉から、優勝争いに終始するのではなく「普通とは違う野球を見せたい」という明確なビジョンが見えました。「地元の球団は地元のファンが支える」というプロ野球界の常識を外れ、日ハムの野球を見たいという人々が全国に生まれることを目指しているのだと思いました。ビッグボスの挑戦を僕は心から応援します。

（12月２日）

挑んだ時代劇、2年ぶり笑った

先週、およそ2年ぶりにお芝居をやりました。私が座長を務める「藤村源五郎一座」という時代劇専門の劇団が大阪にございましてね。「は？　時代劇？　大阪？　なんすかそれ」ということでしょうけど、6年ほど前に大阪で時代劇をやっている連中と知り合って、そこには殺陣師(たてし)も英国の大学でダンスを学んだ者もいて、その腕前はかなりなもので、でも活躍の場がなくて、ならば一緒にやろうと、ただし座長はおれだ、ということで半ばそのグループを乗っ取るような形で旗揚げした劇団なんですね。

座員が脚本を書き、演出もやり、音楽を作り、ダンスの振り付けも殺陣も付けて、これまで幕末や戦国時代を題材にした舞台公演を行ってきました。でまぁ、座長である私の仕事は何かといえば、主にメシの支度でございまして。稽古が終われば近くのスーパーに買い出しに行き、稽古場にカセットコンロを用意して座員全員のメシを作る、けどもおれが一番エライ、というのが役割です。

今回のお芝居は「劇場ではなく京都の町屋とかお寺の境内を舞台に見立ててアートな時代劇を作る」という座員の挑戦的な目標がありましたが良い場所が見つからず、「ならば」と私が提案したのが「じゃあ自分たちでこの稽古場をアートな空間に作り変えてしまえばいいじゃないか」ということでした。

普段使っている稽古場には壁に映像を映すプロジェクターが1台ありましてね。これをあと2台用意して3面に映像を映し出して、その中で芝居をするのはどうだろうか？　つまり周囲を白い布で囲ってしまうわけだよ。客席は島のような感じで真ん中にして、正面だけじゃなく横でも後ろでも、客を取り囲むように芝居をやる。でもそうなるとお客さんは20人ぐらいしか入れないですね。いいじゃない、アートなんだから。

とりあえずプロジェクターになんか映像を出してみてよ。じゃ暗くしますね。あ、そうか真っ暗になっちゃうのか。でもプロジェクターがつくと案外明るいですよ。じゃもういっそのこと照明ナシでこの薄暗い中で芝居やればいいじゃん。あんま見えなくていいんだよ。なんなら客席を蚊帳みたいな透ける布で囲っちゃって、さらに見えづらくしてもいいんじゃない？　アートですねぇ。だろ？　映像もさ、時代劇には似つかわしくないような、なんか抽象的な模様とか、水の波紋とか、そんな感じでさ。いやぁーアートだなぁ。

そんな感じのことをですね、私がメシを作りながら、それをみんなで一緒に食べながら、話をしていたわけです。時に話が脱線して、大声で笑い合う。思えばこの2年、こんなに声を出して笑ったことってなかったなぁ。

それから突貫工事が始まって、壁全体を白布で囲い、プロジェクター2台の設置が完了したのはなんと本番3日前。そこに映像を映し出した時は感激もひとしおでしたが、実際に映してみると映像が暗すぎたり明るすぎたりと様々な問題点も出てきて徹夜で作り直し、結局全ての映像が完成したのは本番の前日。

でもね、不思議と誰も慌ててなかったです。それは、毎晩顔を突き合わせて話をしていたから。このお芝居でやるべきことを全員が理解し、意思の統一がされていたから。これればかりは「オンライン」では難しいことです。僕らがこの2年間で失っていたものを痛感した日々でした。

（12月16日）

2022年

先端技術も人も、頼りすぎはダメ

去年からスバルのレヴォーグという車に乗っているんですけど、これには最先端の「高度運転支援システム」が搭載されておりましてね、いやはやこれはスゴいですよ。

一定の条件を満たした自動車専用道路でシステムを作動させるとですね、ガチッとハンドルが固定されて、設定速度で走り出すんです。「80キロですね、わかりました、ご主人様、ここからは私にお任せください」と、車が反応しているような感じ。私はただハンドルに手を添えて前を見ているだけです。

カーブに差し掛かれば緻密(ちみつ)なアクセルワークとハンドルさばきでキッチリ車線の中央をキープして曲がる。前の車に追いつけば適切な車間距離をとって減速する。追い越したいときは、右のウィンカーを出すだけで車に搭載されたカメラが後方の安全を確認しスーッと追い越し車線に移動する。左のウィンカーを出せば元の車線に戻っていく。ハンドルの動きの実にスムーズなこと。自分で運転するよりずっと安定感がある。

中高年ともなれば反射神経も鈍り、注意力も散漫となります。経験あるでしょう？すぐ横の車に気づかず車線変更しようとしてヒヤッとしたこと。でもこの車なら、ウィンカーを出しても後方に車がいれば勝手に車線変更しない。つまり事故のリスクが確実に減るわけです。

ただ問題点もあります。このシステムは、GPSや3D高精度地図データ、車に搭載されているステレオカメラやレーダーによって道路状況を認識するもの。ですから長いトンネルであるとか、カメラが車線を認識できない深い雪道なんかでは機能しない場合もあります。そんなときは「あっすいません！　ここはお願いします！」みたいに、警報音が鳴って不意にハンドル操作を渡されてしまうんです。「えっ！　おまえに任せてたのに！」と、焦る瞬間もこれまで幾度かありました。

この車は「自動運転」ではなく、あくまでも「運転支援」。そのあんばいを理解するのに多少時間がかかりました。私はすぐに他人を信用してしまうタチなので、この車に対しても「よし！　おまえにすべて任せる」と、いきなり全幅の信頼を寄せようとしていたんですね。一方でうたぐり深い人もいます。そういう人に「この車、スゴいから運転してごらん」と勧めても「いやー、信用できないなぁ」と言うばかり。いざ運転しても固定されたハンドルを無理やり操作して自分の感覚で走ろうとする。揚げ句「これ逆に疲れますわ」と、せっかくのシステムを切ってしまう始末。

私は1年近くこの車に乗って、高度な科学技術との付き合い方を学んだような気がします。頼り過ぎてもダメだけど、拒絶していたら取り残される。頼るところは頼るけど、大事な判断は自分でする。コレ、まさに人間関係と同じです。

自動運転の実用化も目前。人工知能を持ったロボットだって出てくる。そんな社会に我々はどう対応すべきなのか――。まさにそんなテーマのお芝居にですね、わたくし役者として参加しております。タイトルは「D-river（ドライバー）」。作・演出の鈴井貴之さんは、私がここに書いたような話も参考にしたそうです。札幌公演は2月25日から。是非ご覧くださいませ！

（1月20日）

自分の言葉で考える、仕事も同じ

五十路を目前にして芝居の役者を始めました。すると必ず言われるのが「え？　ちゃんとセリフ覚えられます？」という疑問です。そうですよね、この年になれば記憶力はみるみる減退し、席を立った瞬間に「あれ？　何を取りに行くんだっけ？」と途方に暮れることなど日常茶飯事。そんな中高年が台本に書かれた難しいセリフを覚えられるはずがない。当然の疑問です。でもね、覚えられるんです。そこには30年に及ぶサラリーマン経験が活かされています。

確かにセリフを受験勉強のように一語一句丸暗記するのなら無理です。私はまず、セリフを自分が覚えやすいように書き換えるんです。例えば「しかし私はこのように思いますが」というセリフなら「でも僕はこう思うんですけどねぇ」というふうに変えてしまうんです。だって日常会話で「しかし」とか「このように」とか使わないじゃないですか。「いやいや、台本にそう書かれてあるんだからその通りに言わないと」「勝手に変えたら脚本家や演出家に怒られますよ」と、みなさん思いますよね。

でもね、サラリーマン生活を30年も続けていたら分かるんです。「部長にはこれさえ言っとけばオッケーだから！　ハッハッハ」みたいな上司の言葉を鵜呑みにしてその通りにやったら痛い目に遭うということを。そんな上司の言葉通りにやっていたら、いつまでたっても仕事が身に付かないということを。だから経験を積んだサラリーマンは、上司の言葉を額面通りには受け取らず、自分なりの言葉に置き換えて営業スタイルを確立するんです。つまり「この世にスティーブ・ジョブズみたいな天才はほぼいない」ということが分かってしまうんです。お芝居の世界だって同じです。シェークスピアみたいな天才はほぼいないんです。

だから僕はまず、台本に書かれたセリフを自分の言葉に置き換えます。そうすることで暗記したセリフの応酬ではなく、相手役に自分の気持ちが届くようになる。つまり会話が成立するようになる。それでやっと分かるんです。確かにこの場面では「しかし」とか「このように」という言い方の方が正しいなと。そうやって台本通りのセリフに戻すと、すんなり頭に入るんです。回りくどいやり方だと思われるかもしれませんが、こうすることでセリフがスラスラと出てくる上に、お芝居全体、つまり仕事全体も見渡せるようになります。

それでも身に付かないセリフもあります。そんな時はすぐに演出家に疑問をぶつけます。すると「確かにこのセリフは変えた方がいいですね」と変更してくれることが多々あります。自分も本業は演出サイドですからわかるんです。「疑問があるなら早めに言ってほしい」と。でも多くの役者さんは「演出意図を理解できない自分に問題があるんだ」と思い込んでなかなか疑問を口に出そうとはしません。これもサラリーマン社会と同じです。部下が遠慮して口出しできない仕事はだいたい型通りで終わって、世間を揺るがすような大仕事にはならないものです。立場を越えて全力を尽くさなければ大仕事はできません。

いよいよ公演が始まるオーパーツの「D-river」。演出の鈴井貴之さんは「僕は天才ではないので、台本に疑問点や改善点があれば遠慮なく言ってください」と常に言っています。だからこのお芝居、かなり面白いものに仕上がっています。

（2月3日）

全力で遊ぶ輪、入りませんか

演劇プロジェクト「オーパーツ」の二年半ぶりの舞台「D-river」の東京公演がいよいよスタートしました。

今回の出演者は、作・演出を務める鈴井貴之さんをはじめ、渡辺(わたなべ)いっけいさん、温水洋一(ぬくみずよういち)さん、田中要次(たなかようじ)さんと、私より年長のベテラン俳優の方々がその半数を占めるという、加齢なる布陣でございます。

私が勤務するHTBという会社であれば、もはや私より年長の社員の方々はもう数えるほどしか残っていません。第一線で働く同僚たちは年下ばかり。ところがこのお芝居では、年長者である役者の方々が稽古中から率先して汗をかき、声を張り上げ、まさに最前線で走り回っていました。私はその姿を見て奮い立ち、毎日が楽しく、声を出して笑っていました。

鈴井さんは公演を前に「いい年をしたおっさんたちが本気でバカバカしいことをやっている姿をお客さんに見せたい」と語っていました。今回で二度目の出演となる渡辺いっけいさんは「オーパーツの芝居は、自分にとっては青臭い、学園祭のようなものだと思っています」と語りました。おふたりの言葉は、決して「悪ふざけをして楽しみましょう」と言っているのではなく、むしろ「体に鞭打って全力を出しきりましょう」という決意の表明でした。

「仕事」というのは、ある部分は他人に任せ、たまには手を抜くことも必要です。それが仕事を長く続けるコツだったりもします。でも「遊び」は、みんなが全力を出さなければ成立しません。鬼ごっこは鬼が血相を変えて追い、みんなが必死になって逃げ回るから面白いんです。鬼が手を抜いて追いかけるのをやめてしまったら、その時点で「遊び」として成立しなくなってしまいます。今回のお芝居は、ベテランの役者さんたちに「仕事」ではなく、鈴井さんが「遊び場」を用意してくれたように思います。

舞台の幕が上がる20分前、私は誰よりも早く楽屋を出て、薄暗がりの舞台袖へと向かいます。客席からはお客さんのざわめきが聞こえてきます。これから自分はあの舞台に立つ、そう思うと胸がドキドキしてきます。その緊張感をわざと味わうために、私は早くそこへ行くんです。だってこの歳にもなれば、こんな緊張感、仕事でも生活でも味わうことはもうほとんどないんですから。それはとても貴重な時間です。

本番5分前、他の役者さんたちも舞台袖にやって来ます。「よろしくお願いします」とお互いに頭を下げ、それぞれが緊張状態の中に入っていく。拳を握りしめている人もいれば、壁に向かってボソボソとセリフを確認している人もいる。ここから先はベテランも新人も関係なく、誰も手を抜くことができない、誰に頼ることもできない、ただ自分の役割を全うするしかない舞台が待っています。そこに立ち向かおうとする役者さんたちを見て思うんです。「サラリーマンもこんなふうに仕事ができたらいいのにな」と。

「遊び」のように全力で「仕事」をする。もちろん毎日そんなことをやってたら体が持ちません。でもね、それができたら必ず成果が出ることを、鈴井さんも私も「水曜どうでしょう」で体験しました。だから今回のお芝居も本気で遊んでいるんです。

2月25日から札幌公演が始まります。こんな状況下ではありますが、お客さんが来てくれなければお芝居は成立しません。みなさんも一緒にこの遊びの輪に加わりませんか?

（2月17日）

悪い状況下に見た「人間の力」

鈴井貴之さんが主宰する舞台「D-river」の稽古のため、年明け早々から東京にいました。あのころはまだオミクロン株の猛威が日本を覆い尽くしていなかったのに、それはあっという間に日本中を席巻しました。

そんな渦中で行われた舞台稽古は当然のことながら常にマスク着用。つまりは役者の表情がほとんど見えないという状況下で稽古をしていたわけです。あり得ないことですよ？　役者の細やかな表情の違いで芝居の良し悪(あ)しが決まるっていうのに、それを稽古中、誰も確認できないんですから。

それでも役者はマスクの下で表情を作り、相手役はその隠された表情を読み取ってセリフを返し、演出家はそのやりとりを見て指示を与える、そんな「暗中模索の稽古」を1カ月繰り返し、我々は本番を迎えることとなりました。

本番の2日前。事前に受けた検査でスタッフも含めて全員が陰性であることが確認されまして、ようやく役者全員がマスクを外し、劇場の舞台に立ち、本番さながらの通し稽古がスタートしました。初めて見る他の役者さんたちの顔の表情。でもそこには違和感も驚きもなく、マスク越しに想像していた通りの表情がありました。たとえ顔が見えずとも、人間には「汲み取る能力」みたいなものがちゃんと備わっているんですね。

稽古期間中は、普段であれば稽古終わりに何人かで連れ立って飲みに行き、芝居についてあれこれ語るのが通例でした。心置きない会話の中で気づきもあり、アドバイスもあり、芝居の中身が日に日に深まっていく、ということを何度も経験してきました。なによりそんな会話が最大の楽しみでもありました。でも今回はそんな宴席もかなわず、稽古が終われば「本当は飲みに行きたいんですけどねぇ」という言葉をあいさつがわりに、みんなまっすぐ家に帰るという味気ない日々を過ごしていました。

だからといってコミュニケーションが希薄になったかと言えばそうでもなく、むしろ稽古中に活発な意見交換がなされ、休憩中であってもその時間を惜しむように会話が続いていました。「まぁその件はあとで飲みながら話しましょう」という逃れの場がなくなったせいで、現場で処理する習慣が出来上がってきたんでしょうね。あるベテランの役者さんはあのころを振り返り「全員がストイックに芝居に向かっていた、あれはとても貴重で、とても楽しい時間でした」としみじみ言いました。

そして迎えた2月頭の東京公演。幕が上がって目にしたのは、最前列に近い特等席に空席が目立つ、というあり得ない光景です。座席は前列であろうが後列であろうが料金は一律ですから、それはすなわち「発売直後にチケットを買ってくれた熱心な方々が劇場に来なかった」ことを意味します。数カ月前と状況が一変したことで、泣く泣く劇場に足を踏み入れることを断念したのでしょう。その一方で、舞台の評判を聞きつけて「こんな時期だからこそ楽しいものを見たい」と、当日券を求めてやって来る方も数多くいらっしゃいました。どちらの判断も、私には頷けるものです。

世の中が良い状況なら何も考えずにそれを享受すればいいけれど、悪い状況だと人はなんらかの判断を迫られ、なんとかそれを良い方向に仕向けようと対応する。そんな人間の能力を実感できたこの2カ月でありました。

（3月3日）

できないこと「やり過ごす力」

わりとなんでも器用にこなせる方だと思っているんです。学業の成績は悪くなかったし、運動ではラグビーのレギュラー選手だったたし、中年になってからもフルマラソンを毎年完走するようになったたし。あ、あとね、絵もうまいんですよ、わりと。

しかしながら、まったくもって自信が持てないところがあります。容姿ですね。背は低く小太りで、なんたって手足が短い。「カッコいいの対極がオレだろう」と、昔から鏡を見るたびに思っていました。でもね、これには対処のしようがあるんです。衣服ですね。

スタイル良しのイケメンならヨレヨレのTシャツにジーンズだってカッコいいわけです。なんなら「パンイチ」でいい。そもそも素材がいいから、むしろ素っ裸に近い方がイケメンぶりが発揮できるというわけです。でも人間、素っ裸で出歩いているわけではないですからね、そうなれば、小太りで手足が短くてもそれをカバーできる衣服を選んで、身なりをちゃんと整えておけば、自分を卑下するような外見にはならないもんです。なんなら「オシャレですね」と言われることもあります。

つまりは自分の欠点を隠そうとすることによって、逆にファッションセンスが磨かれる、災い転じて福となすこともあるわけです。だからまぁ、容姿のことはそこまで気にしているわけではないんですけど、どうしたって隠すことができない、自分にできないことがあるんです。それが踊り、ダンスです。

もうね、音楽に身を任せて体を揺らすことすらできないんですよ。音感がないわけじゃないんです。歌も下手ではないし、ミュージックビデオも何本か制作していますから。でも、体がリズムについてこないんです。それに気づいたのは学生時代、ディスコに行ったとき。「ノってるぜ!」と思っているのに、周りと動きがズレているんです。がくぜんとし、恥ずかしくなりました。以来、コンサートに行っても直立不動、手拍子すらしないという地蔵状態で人生の大半を過ごしてきました。

ところがです。今回参加している舞台「チコちゃんに叱られる」では、みんなで動きを合わせるダンスシーンがいくつかあるんです。内容も確かめず、「ハイ出ます！」なんて調子こいて出演を快諾したのが運の尽き。もうね、ずっと地獄です。だってみんな私を見て笑うんですもの。そんなおっさんを振り付け指導するのはなんと！　DA　PUMPのメンバーの方。彼が、私の動きを見て表情が固まったのは、マスク越しでもありありと見て取れました。

いくら努力をしたって、人にはできないことがある。一流のダンサーである彼は、それをちゃんと分かっているのでしょう。私が参加するダンスシーンの振り付けが驚くほど簡単になっていきました。それでも私、踊れないんです。彼だって「もうひとがんばりです」と言うしかない。そんな状態でどうやって本番を乗り切ればいいのか？　幸いにも舞台上には顔がでっかい着ぐるみのチコちゃんがいますからね、なんとかその後ろに隠れてダンスシーンをやり過ごそうと思っています。

人生、いくら努力したって乗り越えられない、災い転じず災いのまま、なんてことの方が実際は多いもの。「やり過ごす能力」ってのも大事ですよね。

（3月17日）

失敗は笑い飛ばせ、人生だって同じ

役者として参加した、ＮＨＫの人気番組「チコちゃんに叱られる！」の舞台が終了しました。苦手だったダンスシーンもなんとか振り付けを覚えて、チコちゃんの後ろに隠れることなく踊る自信もつきました。が、やっぱり動きがみんなと全く合ってない時もありまして。でももうそんな時はジタバタせずに「オレは間違ってません」と言わんばかりの顔で堂々とやり過ごしましたね。そんな私を見てみなさん「藤村さんはもう体ではなく顔で踊ってる」と言ってました。それは褒めているのか呆れているのかはよくわかりませんけれども……。

今回の舞台はチコちゃんがタイムスリップして「誰もが知っている歴史上の偉人たちを叱る」というストーリーでして、私は西郷隆盛役でした。西郷さんといえば上野にある銅像が有名ですよね。あれって、なんで犬を連れてるか知ってます？　あれは維新を終えたあとに太りだした西郷さんが医者からダイエットを勧められて、運動のために犬を連れてウサギ狩りに行くようになったころの姿なんですって。そんなだらしない西郷さんを医者に代わって「ボーッと生きてんじゃねぇよ！」とチコちゃんが叱りつけ、気づきを与えてくれる。他にも織田信長や徳川家康といった偉人たちが続々と登場し、次々とチコちゃんに叱られていきます。そんな楽しい舞台ですが、ちょっとした失敗がありました。

信長、秀吉、家康の性格をわかりやすく表す言葉としてホトトギスの例えが用いられますよね。家康はその粘り強い性格から「鳴くまで待とうホトトギス」であり、信長はその短気な性格から「殺してしまえホトトギス」と例えられる。もちろん実際にはそんな言葉を言ったわけではありませんが、今回の舞台では家康、信長がそれぞれセリフで言うんですね。家康が「鳴くまで待とうホトトギス」と言えば、チコちゃんが「うわぁー！　本物を聞いちゃったぁ！」みたいに喜ぶっていうね。ところがです。信長の場面で、本来なら「殺してしまえ」と言うところを「鳴かぬなら、鳴くまで待とうホトトギス」って信長が言っちゃったんです。これではストーリーがまるで変わっちゃう。そしたらチコちゃんが、というか声を担当している木村祐一さんがすぐに気づいてアドリブで「それは家康さんの言葉でしょ！」って叱ったんですよね。そんな機転をきかすところがさすがですけど、役者さんは舞台袖に帰ってきて青ざめてましたね。

かく言う私もこれまでの舞台で数々の失敗を繰り返してきました。しんみりと泣けるシーンで思いっきり相手役の名前を間違えて笑いが起きてしまったり、時代劇なのに楽屋で履いていたビカビカの蛍光色のサンダルでそのまま出てしまったり。極めつけは、取り憑いた悪魔が私に拳銃を握らせ、自分の意思ではないのに人を撃ってしまうというシリアスなシーン。いくら振り払おうとしても悪魔の力で手から離れない拳銃、のはずが、手を思いっきり振り過ぎて客席近くまで飛んでいきましてね、それでも「離れない！」と叫びながら拳銃を拾いに行ったときはさすがにヘコみましたね。

とまぁ数々の失敗を繰り返す舞台ですが、楽屋に戻ればみんなで大笑い。人生という舞台だってきっと同じです。「失敗は無駄にせず糧にせよ」なんて言いますけど、いやいや、失敗なんて笑い飛ばせばいいんですよ！

（3月31日）

容赦ない春、自分の庭作れる日まで

「新たなるスタート！　新たなる出会いにドキドキわくわくする春4月ですね！」。なんていう書き出しで始まる文章が世にあふれる時節となりましたが、私は幼少のころ「なんで、そんなに陽気な気分になれるんだろう」と不思議でなりませんでした。

ずっと家で遊んでいたいのに、なんでバスに乗って幼稚園に行かなければならないのか？　やっと幼稚園で仲良しの友達がひとりできたのに、なんで見ず知らずの子どもが100人近くも集まる小学校に2キロも歩いて行かなければならないのか？　せっかく自分の居場所を見つけたのに、なんで2年に一度クラス替えをしなければならないのか？　6年かけてやっと100人近くの顔を覚え、5人ぐらいの仲良しの友達ができたのに、なんでまた他の小学校のやつらと一緒に中学校に行かなければならないのか？　なんで受験勉強をしてまで遠くの高校に通わなければならないのか？

春4月というのは私にとって、自分の意思とは無関係に、勝手に環境を変えられてしまう苦痛を伴う時節でしかありませんでした。

そんな苦痛から解放された初めての4月は、大学に入学した18歳のときでした。生まれ故郷を離れ、慣れ親しんだ友人たちと別れて、たったひとりで北海道へとやってきた、あの春。「ドキドキわくわく」なんていう軽やかな言葉ではなく、澄み渡る空の下でやっと深呼吸できたような、苦痛を伴わない初めての春。それは生まれて初めて、自分の意思で環境を変えた春でした。それからの5年間（1年留年しましたから）は、変化した環境の中で自ら人間関係を作り出し、周囲の環境を自分で整えていくという創造性を謳歌（おうか）しました。まるで自分の庭を作るように。

そんなふうに作り上げた庭で楽しく暮らしていた20代に、再び苦痛を伴う春がやってきました。就職です。さすがに「なんで？」とは思いませんでしたが、再び自分の意思とは無関係に環境を変えられてしまう会社のシステムに組み込まれていきました。

容赦のない環境の激変はその年の春、いきなりやってきました。会社が決めた配属先は北海道の本社ではなく東京支社。自分が一番行きたくなかった土地です。「24時間戦えますか」という勇ましいキャッチコピーのＣＭが流れていた時代の東京で、自分の庭なんてつくれるわけがない。満員電車に揺られ、面白くもない仕事を毎日やらされる苦痛が体と精神をむしばんでいく中で、家族という庭を作り出し、それだけを丹精する日々が5年間続きました。

30代になり、再び自分の意思とは無関係に制作部へと異動しましたが、自分の意思で「水曜どうでしょう」という番組を立ち上げて、それから20年以上、ずっとこの庭を四季を通じて丹精し続けています。そうしてようやく春は自分にとって、雪が解けて花々が咲く、うららかで陽気な季節になりました。

真新しいランドセルを背負い、着なれない服に身を包んで入学式に向かう子どもたち。きっと不安に押しつぶされそうなんだろうなと思えば、大人たちが「ドキドキわくわく」なんていう、うそっぽい言葉で春を塗り固めて、多少は明るくしようという意図も今は理解できます。

でも不安な春を経験することで、いつか必ず春の日差しの暖かさを全身で感じられるときが来ます。雪解けの庭にクロッカスの花が今年ももうすぐ顔を出します。

（4月14日）

震災遺構が訴える日常の尊さ

東日本大震災から11年目の春、宮城県石巻(いしのまき)市に行ってきました。海岸沿いに堤防が作られ、更地となった住宅地は「石巻南浜津波復興祈念公園」として整備が進んでおりました。その一角に廃校となった小学校の校舎が残されています。

あの日、校舎の1階部分が浸水し、先生に連れられた児童たちは上の階へと避難していました。そこへ津波で流されてきた車が激突して炎上、校舎に火の手が上がりました。すぐ裏手には小高い山があり、そこへ逃げようとしますが、すでに1階は濁流にのみ込まれ、もう降りることはできない。そこで先生たちは2階の窓を破り、教壇を運び出して裏山に通じる橋をつくり、階段をつくって、児童を避難させたそうです。

その小学校が今もあの日のまま保存されており、先ごろ「石巻市震災遺構　門脇(かどのわき)小学校」という名の震災の教訓を伝える展示施設として公開されることとなりました。火災で真っ黒に焦げた教室の壁、津波が押し寄せて机が散乱した1階の職員室、そして教壇で橋をつくって児童たちを逃がした2階の屋根――。それらは11年経った今も、当時の状況を生々しく物語っています。

津波被害の痕跡をあえて残すというのは、そこに住まう人々にとっては心の痛みを伴うもので、当然のことながら賛否両論あったそうですが、私のようにあの日のことを映像でしか見ていない、実感として記憶に留めていない者にとっては、様々なことを考えさせられる貴重な遺構でした。

津波と火災に見舞われた校舎を間近で見たあと、順路に沿って展示室へと入ります。そこには震災を体験した住民たちが残した言葉が絵画とともに飾られ、当時の先生たち、そして成長した児童たちのインタビュー映像が流れ、焼け残ったたげた箱や黒板、玄関にあった大きな柱時計が、震災前の小学校の思い出の写真とともに展示されています。

私が映像で見た震災は、どこかこの世の出来事とは思えない、パニック映画でも見ているような現実味のない印象を残していましたが、そこにある展示物の数々は「どここにでもある日常」を強く意識させました。どこの小学校にでもある小さなイスと机、黒板。そんな普通の物たちが展示室にポッンと置かれています。それらは「いつも通りに過ごしていた日常が突然失われてしまうことが現実にあるのだ」ということを静かに、しかし、はっきりと伝えてきます。

震災の教訓を生かしてあらゆる備えを万全にする、ということも当然大事ですが、そこにあった展示物の数々は「今ここにある日常をいとおしみ、今そこにいる人たちをいとおしむ」という、とても単純なことを訴えているように感じました。

展示室の最後に「心をほどく」という名の一室があり、そぼ降る雨音がスピーカーから静かに流れ、被災した校舎の片隅で雨にぬれて芽吹いている草木の映像が淡々と映し出されていました。そんなどこにでもある、見落としかねない風景の中に、なぜか未来への希望のようなものを見いだしてしまうのでした。

11年前の3月11日。卒業式を目前に起きた震災。校長室の金庫にしまわれていた卒業証書はしかし、燃えることなく、水にぬれることもなく無傷で発見され、1カ月後に行われた卒業式で無事に卒業生に手渡されたそうです。

（4月28日）

単独行動、「いずれ、ひとり」のいい準備

ここ2年ほどで確実に増えたのは「ひとりでメシを食いに行く」という行為ですね。これまでは「じゃあメシでも食いながら」「とりあえず飲みながら」と仕事仲間を誘うのが常だったんですけど、そうはいかない状況になってしまいましたからね。一仕事終えた後に「じゃあ行きますか?」「行きましょう行きましょう!」なんてことはなくなって、必然的に家に直行するか、出張先であればテイクアウトかひとりメシになるというね。

つまりは単独行動が増えたわけです。で、やってみるとこれが案外悪くないということに気づいてきたんですね。思えば、ひと仕事終えた後に「じゃあ行きますか?」という提案を誰がするのか?というのも案外めんどくさい問題でね。それは会社であ

れば上司がすることであって「行きましょう！」と盛り上げるのは部下の役割みたいな図式が成り立っていて。その図式を成り立たせるために上司も部下もある程度の我慢をしていたんですよね。それがこの2年は全くなくなって多くの人がホッとしていたんじゃないかと思うんです。そうしているうちにみんな単独行動に慣れてきた。

前回、宮城県石巻市を訪れた話を書きましたけど、実は、そのあとひとりで旅をしてきたんです。そんなつもりは全くなかったんですけど、たまたまインターネットで東北の温泉地を検索しておりましたら、もう30年近くも前に訪れたことのある極上の温泉宿の予約ページを見つけたんです。それは秋田県の山奥にあるお宿で、ここは予約が取れない宿として有名でね。それがたまたま一部屋だけ空きがありまして、単独行動に慣れてきた身としては、これはもう迷うことなく「よし！　行こう」と相成ったわけです。だってサラリーマンでも気兼ねなく泊まれるぐらいのお値段で極上の温泉に浸(つ)かれる上にメシも極上なんですもの。さっそく格安のレンタカーを借りて、好きな音楽を聴きながら秋田の山中へと向かいました。

そこは30年前と何も変わっていなくて。でもあのころの私は温泉の良さもわからず、酒の旨(うま)さも知りませんでした。30年前は妻と幼い子供を連れての家族旅行で、今回は年（とし）を重ねての一人旅。時間を気にせず極上の湯にゆっくりと浸かり、岩魚（いわな）の骨酒（こつざけ）をチビチビやりながら名物の山の芋鍋を食らう。おっさんには至福の時間です。ふとまわりを見ると、私と同年輩のおっさん一人旅がやたらと多い。これまであまり見たことのない光景でした。やっぱりみなさん単独行動に慣れてきたし、世間もおっさんがひとりでいることに「寂しそう」なんていう感情を抱かなくなったんでしょうね。

　翌朝、夜明けとともに起き出して露天風呂へと向かいます。誰もいない湯に足を入れたらやたらとぬるい。前夜に降った雨で源泉掛け流しの湯が冷めていたんでしょうね。早々に脱衣所に退散すると同年輩のおっさんが入ってきたので声をかけました。「かなりぬるいですよ」「じゃあ気合い入れて入らないといけないですね」。なんかね、そんな一言でおっさん同士、何かが通じ合ったような気がしてうれしかったですね。

　この年になれば「いずれはひとりになる」という現実がわかってきます。この2年あまりは確かに不安の多い時間を過ごしてきましたけど、年を重ねた我々にとってはその時への準備としていい機会だったんじゃないでしょうかね。


（5月12日）

ええ加減にせえ！「正義」ぶつけられて

新千歳空港での出来事なんですけどね。ＡＴＭに並ぼうとしたら、ちょうど１人の男性が操作を終え、その場から離れていきました。ほかに利用者はおらず、私は「タイミングがいいじゃないか」と思いながら残高照会し、続けて現金を引き出しました。さらに振り込みをしようと思ったとき、後ろから声がしたんです。「おい何件やっとんねん、ええ加減にせえや」と。

最初は、それが私に向けた言葉だとは思わなかったんです。だって、その声は明らかに周囲に対し発せられたもので、「誰かもめてんのかな」ぐらいにしか思わなかったんです。気にせず利用を続けていたら、「ちゃんと後ろ見ぃやー、並んどんねんぞー」と声がして「あ、これはおれに言ってんだな」とようやく気づいたんですね。でも、その関西弁がやけに威圧的でイヤな気分になったので聞こえないそぶりのまま振り込みを済ませ、ようやく振り返ったんです。そしたら声の主はなんと、さきほどATMで入れ違った男性。その後ろに、女性が1人控えていました。

この状況、現代社会における興味深い事象だと思いますので考察を加えていきますね。まず私の立場。ATMにはその男性しかおらず、すぐに立ち去ったので、私は気兼ねなく残高照会、引き出し、振り込みをしようとした。注意している声があったものの、あまりに威圧的な声だったので無視して作業を続けた、ということですね。

次に、その男性の立場です。ATMを使っていたけど、後ろに人が来たため親切心で作業を中断し、自分は並び直した。ところが、ヒゲの男は、男性の気遣いに気付かず何件も作業を続行。男性は、ほかにも女性が並んだことから堪忍袋の緒が切れ、口調も威圧的になった、ということですね（あくまでも想像だけど）。

それぞれの立場を書いてみると、「ヒゲの方が悪い」という意見が多いでしょうが、でも「良い悪い」の判断ではなく、ここではあくまでも現代社会を踏まえての考察を加えていきますよ。

昔から「他人に迷惑をかけない」という行動規範がありますが、一方で「迷惑をかけなければ、何をしても勝手だろう」という解釈を生み出した。やがて、その考えは疑問視され、「自己責任」「コンプライアンス重視」が叫ばれて、勝手な行動が強く批判されるようになった。結果、「空気を読む」ことが必須となり、「ハラスメント」を避けるために言葉を選び、他人に不快感を与えないよう「いい人であろう」と積極的に努力を重ねるようになった。

確かに良いことではありますが、ただ、息苦しいのも事実。やはり不満や怒りのはけ口がほしい。ならば、空気を読まずに勝手なことをしている連中にそれをぶつければ、多少過激な言動であっても、それは「正義」であるから批判の的にはならないであろう。とまぁ、これが現代に潜む人々の心情ではないかと私は考察するわけです。

そう考えるとATMの彼の言動も理解はできる。ただ、その「正義」をぶつけるのがあまりに早くないかと。2人しか並んでいないATMで1分ちょっと待てないものかと思っちゃうんです。でも彼にとっては時間ではなく、自分は譲ったのに3件も作業する人間が許せなかったんでしょうね。現代はそういう拙速な「正義（怒り）」の発動によって「争い」が勃発しているんじゃないかと、今回の一件で私は思ったわけです。

（5月26日）

理不尽の下の自由？　元少年のサッカー考

　サッカーが好きなんですよ。北海道コンサドーレ札幌のファンだし、日本代表の試合は欠かさず観てるし、スマホを開けばサッカーの話題が自動的にトップに表示されるし。大学まではずっとラグビーをやってたんですけどね。

　一説によればラグビーは、ひとりの少年がサッカーのゲーム中に「こんなめんどくさいことやってらんねぇ！」なんつってボールを持って走り出したのがその起源とされています。その少年の気持ち、よくわかります。だって器用に動かせる手を使っちゃいけないなんてあまりにも理不尽ですよ。確かに足を手のように操ってドリブルをするやつもいるし、頭をボールに打ち付けてゴールを決めるやつもいる。でもね、いくら上手に足を使えたところで日常生活じゃなんの役にも立ちません。足でご飯を食べるわけじゃないし、足でお勘定を済ますわけでもない。たまに「くっそー！」なんつって地面を蹴るぐらいしか歩行以外で足を使うことは稀です。ましてや大事な頭を木槌のように振り下ろしてボールを叩くなんて人間の頭脳に対する暴挙！と、その少年が思ったかどうかは知りませんが、サッカーにはあまりに理不尽な制約があるということです。

一方のラグビーはといえば、ボールを持って走っていいし、蹴っても投げてもいい。サッカーよりもずっと自由。まさに人間力の解放！　ただしボールを前に投げちゃいけない、前に落としてもいけない、倒れたらボールを放さなきゃいけない、ボールを持ってる選手より前にいる選手は一切プレーしてはいけない。反則があればスクラムを組み、ボールがフィールドの外に出れば双方の選手が一列に並んで投げ込まれたボールを取り合う。初めて見た人はそのルールの複雑さに面食らうことでしょう。サッカーボールを抱えて走り出したあの少年だってきっと言うでしょうね。「こんなめんどくさいことやってらんねぇ！」って。

基本的に自由であるからこそ細かい制約を多く設けたのがラグビーで、あまりにも理不尽な制約の下で自由にプレーさせるのがサッカーという言い方ができるかもしれません。どっちにしたってめんどくさいわけですけど、私はサッカーの方が観ていて面白いんです。

サッカーにはゴールキーパー以外の10人に定められたポジションがありません。ラグビーであればフォワードとバックスという区別が厳然としてあるし、野球は言わずもがな。サッカーにもフォワード、ミッドフィールダー、ディフェンダーという区別はありますけど、別に10人全員をフォワードにしてゴールだけを狙ったって構わない。でもさすがに守備も必要だろうってことでディフェンダーを入れ、真ん中でボールをつなぐミッドフィルダーも入れ、というふうに配置を決めているだけのことです。戦術によってどんな陣形を取っても構わない、そこは自由ですよ、というのがサッカーです。

これをサラリーマン的見地から考察すると「営業、事業、総務、それぞれの部署がきっちりと役割をこなして業績を上げる」というのがラグビーや野球の戦い方で、「いっそ事業部は廃止して企画部を立ち上げる」みたいな策を練るのがサッカーだと言えます。そうであれば「毎年業績を上げろ」なんていう理不尽なことを言われても「自由に働けるならそっちの方がいいかな」って思うわけですね。

（6月9日）

私欲が吉、「ここキャン北海道」大盛況

コロナ禍が日本を覆い始めた2年前の春、私は「水曜どうでしょう」の企画で赤平の森の中に建てた小屋に、自発的にひとりで住み込んで野鳥の撮影をし、その映像をユーチューブで配信し始めました。

当時はほとんどの人が自宅にこもってパソコンの前でテレワーク。閉塞感と戦う日々が続いていましたが、私は森の中でマスクを外し、清廉な空気をめいっぱい吸い込み、木々の間を自由に飛び交う野鳥たちの姿を追い、火をおこしてメシを作り酒を飲み、実に穏やかな毎日を過ごしておりました。

やがてテレワークに疲れた同僚たちがこっそり私の元を訪ねてくるようになり、私は彼らに森の中でメシを振る舞い、焚き火を囲んで会社の様子を聞かせてもらいまし

た。「陽性者が出たとなれば緊張感が走り、社内にはほとんど誰もいないし、とにかく暗い雰囲気なんですよ……」。

夏が過ぎ、秋になっても状況は変わらず、イベントはすべて中止となって行き場のない同僚たち（主におっさんたち）が赤平の森にひんぱんにやって来るようになりました。彼らは持て余した労働意欲を赤平の森に発散し、朽ちた木を切り倒して薪を積み、スコップで地面を掘り起こして整地し、石を拾い集めて石畳の道を作り、かまどを作り、精力的に森の環境整備に汗を流すようになりました。

冬がやってきてもその活動熱は収まらず、雪に閉ざされた森の中をラッセルして道を作り、小屋の雪下ろしに精を出し続けました。普段の仕事ではとんと見ることのできないおっさんたちの生き生きとした姿がそこにありました。

そんな活動が2年も続いて、いつしか小屋の周囲には気持ちのいい空間が出来上がっていました。自分たちの力で整えた景色を満足げに眺めながら、ある同僚がこんな提案をしてきました。「道内のキャンプ場を回りませんか？　もう会社に行きたくないんですよ、とにかく外に出たいんです」と。

その気持ち、よーくわかります。コロナ禍で世は空前のアウトドアブーム。夜な夜な飲み歩いていたおっさんたちもキャンプ道具を揃えて野に山に繰り出している。「とにかく外に出たい」という欲求を誰もが抱いていました。そして我々は、2年に及んだ活動で野外生活のスキルが相当に鍛錬されています。

さっそく局長以下、赤平の森に集っていた同僚たちが精力的に動き、道内の自治体に声をかけ、キャンプ場を確保し協力を取り付けました。15組程度を上限とした少人数の参加者を募集し、自治体の方々には積極的に名産品をアピールしてもらう。

地元の食材を使って私が参加者に料理を振る舞い、夜は焚き火を囲んで酒を酌み交わす。その様子を映像に収めて配信する。イベントのタイトルは「水曜どうでしょう」の名言にちなんで「ここを北海道のキャンプ地とする」、略して「ここキャン北海道」。いいじゃないか!

そして5月末、「ここキャン北海道」の第1回目が新篠津村（しんしのつむら）で開かれました。最高の晴天。最高のビール、新篠津の米でカレーライスを作り、満天の星を眺めながら新篠津の酒を味わう。6月には赤平で2回目が開かれてこちらも晴天、地元で採れたアスパラも振る舞われて大盛り上がり。

なによりもスタッフがキャンプを心から楽しんでいるのが成功の要因でしょう。

「外に出たい」という、同僚の「私欲」から生まれた企画だからこそ、こうなったんでしょうね。

（6月23日）

引退した「山の神」、会社組織でもがく

「水曜どうでそうTV」というユーチューブ・チャンネルを開設して3年半になります。この間、北海道のテレビ局ではなかなか出会えない人たちに出演してもらう機会に恵まれました。

そのひとりが柏原竜二(かしわばらりゅうじ)さん。10年ほど前、東洋大学の学生だったころ箱根駅伝の5区で圧倒的な強さを見せて「山の神」と言われた元陸上競技選手です。彼は大学卒業後、富士通に入社して実業団選手としてマラソンに挑みましたが、ケガに悩まされ27歳で現役を引退しました。その後は富士通の社員として、陸上競技のみならず幅広くスポーツ振興を目的とした仕事に従事しています。そんな柏原さんから思いがけない話をいろいろと聞きました。

そもそも実業団の選手がそのまま社員として会社に残るケースはとても少ないそうで、彼自身、引退を決めた時に退社するつもりでいましたが、上司から「会社を辞めないでほしい」と何度も説得されて残ることにしたそうです。

そんな柏原さんが早々に任された仕事が同社のアメリカンフットボール部のマネージャー。一世を風靡（ふうび）した花形の陸上選手が裏方にまわる、それもまったく経験のない球技のマネージャーを務める。その戸惑いたるや相当なもので、彼は必死にルールを覚え、自分なりにマネージャー業務を考え実行していきました。その姿にアメリカンフットボールの選手たちが感化されないわけはなく、彼は絶大な信頼を得ていきます。しかし、社会人としてさらに数年を経た現在、彼は会社組織の中で様々な障壁にぶつかり、もがいているそうです。

さて、ここで考えてみましょう。そもそもスポーツ選手と一般的なサラリーマンの違いってなんでしょうか。プロ選手であれば圧倒的に年収が違いますよね。その一方で選手としての寿命はサラリーマンよりも圧倒的に短い。つまり人生を考えればスポーツ選手が現役で活躍できるのは若いころだけで、その後の人生の方が圧倒的に長いということです。

そして、現役引退後、指導者としてスポーツ界に残れるのはごく一部の選手で、多くは一般社会に出ていくことになります。つまり20代後半から30代前半で初めて社会人となるわけです。そこで彼らは初めてスポーツ選手とサラリーマンとの一番大きな違いに気付くのです。それは「会社組織」という特殊な環境です。

一流のスポーツ選手には必ず一流の指導者がいます。柏原さんも高校、大学と尊敬できる指導者に巡り合いました。チームメイトにも切磋琢磨できる選手がいて、チームは強固な組織へと成長していきます。多くのスポーツ選手たちはそんな幸福な経験をしています。

ところが会社組織には必ずしも尊敬できる一流の指導者が各部署にいるわけではありません。なんならその部署を経験したことがない上司が指導者的役割を担うことだってある。サッカーを知らない人がいきなり監督になるようなもんです。そりゃあスポーツ選手は戸惑うでしょう。

柏原さんがもがいているのはきっとそこです。今までのように指導者に身を委ねるのではなく、だからと言って無視するのでもなく、自分で考えて組織の障害を乗り越えていかなければならない。

難しいことですが、柏原さんは大学時代、熱心な指導を受けながらも自分なりに走法を工夫することでさらに実力を伸ばしていったそうです。その工夫を会社でも発揮してほしい。柏原さんを強く会社に引き留めた理由は、そんな彼のもがく姿を実業団の選手たちに、そして社員たちに見せることだったのではないでしょうか。

（7月14日）

東京サウナ堪能、でも「ととのう」には

とにかく暑い。月の半分ぐらいは東京に行ってるんですけど気温30度超えは当たり前、体感温度40度以上なんて、もはや低温サウナですよ。湿度も80パーセントを平気で超えてきますからこれはスチームサウナですね。ホテルの部屋から出るのが億劫(おっくう)になる。とはいえ日課にしているウォーキングは欠かせない。1時間程度は歩かないと体の調子が上がらない、というか前夜の深酒が抜けないいんですね。それでまぁ少し早起きをして外に出る。

ところがです。もう暑いんですよ。早くもサウナが開店しちゃってるんですよ。玄関先でホテルの従業員が水を撒(ま)いてるんですけど、それがもうロウリュにしか見えない。歩き出せば熱波師がタオルを振るが如(ごと)く、もわっとした熱気がマスク越しにまと

わりついてくる。「うん、もうこれはサウナなんだ」と割り切って歩き出せば、数分のうちにどっと汗が出てくる。

ここ1年ほどですっかりサウナ好きになったせいで、体質が変わり発汗がスムーズになったんですね。つまり汗っかきになったわけで、こうなるとシャツの数にも限りがある出張先では毎日のコインランドリー通いは欠かせない。出張族泣かせの猛暑。

川沿いの道に出たところでようやくマスクをあごの下にずらす。呼吸がぐっと楽になる。ただ気温はさっきより明らかに上がっている。この暑さの中でのマスク着用は体に負担がかかりすぎる。屋外では人との距離が確保できる場合や会話をしなければマスクの着用は必要ないと言われているけれど、でもほとんどの人はマスクをしたまま歩いている。

向こうで道路工事をやっているのが見える。赤い棒を持った誘導員がペットボトルの水を飲んでいる。この暑さの中で一日中立っているのは本当に大変だ。しっかり水分補給してください。でも私が近付くと彼はボトルから口を離し、慌ててマスクを取り出す。30代前半ぐらいだろうか、彼の顔を見て私は思わず足を止める。真っ黒に日焼けしているのは目元だけ。鼻から下はくっきりとマスク形に白い肌が残っている。

遠目から見ればそれは白い不織布のマスクをちゃんと着用しているようにも見える日焼け跡。彼はそれを隠すように素早くマスクを装着する。私は軽く頭を下げて足速に通り過ぎる。本当にご苦労様です。そして彼の日常生活に思いを馳(は)せる。昼飯とか、どうしてるんだろうか。炎天下の現場でコンビニの弁当だろうか。ちゃんとクーラーの効いた食堂に行けるのだろうか。食堂に行ったとしても、マスクを外せるのだろうか。マスクを外してもマスクを着用しているように見えてしまう顔で、彼はどんな日常を過ごしているのだろうか。きっと会社からは「現場では必ずマスク着用のこと」と言われているんだろう。律儀にマスクを着用し続けた結果、顔に残った日焼け跡。コロナはこんなところにも人体に影響を及ぼしている。

ホテルに戻るとすぐに冷水のシャワーを浴びる。少しだけととのう。ランドリー室に行って洗濯物を取り出す。「うーん、ホッカホカじゃないか」。少しげんなりする。

眼下に苫小牧(とまこまい)の工場地帯が見えてくると、機体は斜めに旋回しながら着陸態勢を取る。もうすぐだ。東京サウナに入り続けた数日間を経て、機内からボーディング・ブリッジに出る瞬間、北海道の空気がスッと流れ込んでくる。ふぅーやっととととのったァー。

（7月28日）

自作自演の「ミステリー」、笑いに転換

ラジオの収録で東京・虎ノ門に地下鉄で向かっている時のことでした。サッカーの動画を見てたんです。イヤホンを通して聞こえてくる選手のインタビューはなかなか興味深い内容で熱心に聞き入っておりました。ふと画面から視線を上げると、もう虎ノ門。扉が閉まる寸前でございました。よくあるんですよ、こうやって乗り過ごしてしまうことが。

移動中は本を読むことも多いんですけど、特に登場人物の名前が難しい歴史小説なんかは要注意ですね。「ん？　コレ誰だっけ？　味方だっけ？」みたいな感じで混乱することがよくありまして、パラパラと前のページをめくって「あー敵軍に寝返った武将ね」なんて人物関係が整理されたころには見慣れない駅名が扉の上の電光掲示板

に表示されておりまして「ん？　コレどこだっけ？　途中駅だっけ？」みたいな感じで再び頭の中が混乱していくというね。

まぁその日は間一髪ホームに降り立ってインタビューの続きを聞きながら改札口に向かったわけですけど、そこでハタと気がつきました。ポケットに入れていたはずのスマホがないんです。慌ててカバンの中を探ってみても見つからない。落ち着いて考えよう。絶対にどっかにあるはずだ。だって交通系ICのアプリをスマホに入れてるから乗車駅でピッとやって乗ったはず。ということは車内で落としたのか？　頭の中が混乱してきます。車内でおれは何をやっていた？　ずっと座席に座ってユーチューブを見ていたよな……で、今も左手に持っている画面にはその動画が流れてる……え？……あっこれスマホじゃん。

年を重ねてくるとこのような自作自演のミステリアスな事件によく遭遇します。家の中でもスマホ紛失事件は頻発します。トイレ行って、シャワー浴びて、着替えて……でもトイレにもない、風呂場にもない、2階のクロゼットにもない……丹念に記憶をたどって妻も一緒になって探してくれてもてんで見つからない。で、ようやく気づくんですね。「あ、充電してたんだ」と。見ればいつものコンセントにスマホが繫がれているわけです。「なんでそこを一番最初に見ないのよ?」と誰もが思うでしょうが、これが自作自演ミステリーの真骨頂なんですね。

かような老化現象による混乱状態を、みうらじゅんさんが「老いるショック」と名付けまして、年老いていくことに抗(あらが)うのではなく積極的に受け入れて笑いに変えてしまおうという前向きな姿勢を世に示しました。

最近はアンチエイジングなんつって年齢に抗おうとする姿勢が顕著ですけれども、そういえば昔って逆に実年齢より上に見られることがカッコいいとされていませんでした? 若者が背伸びしてタバコをハスに咥(くわ)えてみたり、裕次郎(ゆうじろう)ばりにブランデーグラスを揺らしてみたり。その方が相手にナメられないという利益があったわけですよね。そこに気づいたみうらさんは還暦を過ぎた今、みんなが若作りに励む中で逆に老け込もうとしているそうです。名付けて「老け作り」。いやー素晴らしい発想ですね。

外見的な若作りって金銭的にも精神的にもかなり無理しているように思うんです。で、得られる利益ってのは「お若いですね」って言われるぐらいでしょ? コスパ悪くないですかね。結局、「年相応」というのが一番ラクで正しいと僕は思うんですが。

(9月8日)

リスナーとの信頼関係、ラジオ特有

私が小中学生だった1970年代のころ、ラジオは若者に人気のメディアでした。ひとつは深夜放送。午前一時から始まるオールナイトニッポンを筆頭に、私の地元名古屋ではつボイノリオさんや兵藤（ひょうどう）ゆきさんといったディスクジョッキーの方々がカリスマ的な人気を誇っていました。

当時の私はテレビで見るドリフを最大の楽しみとしていた純朴な小学生でしたから、友だちに「つボイノリオ面白いよね」と言われてもポカンとするばかり。そんな私に対する「あー知らないんだぁー」という彼の大人びた顔は今でも忘れられません。

夜8時に全員集合して見るドタバタなテレビではなく、真夜中にひとりでこっそり聴くラジオ。そこでは子供にはちょっと刺激の強いオトナな会話が繰り広げられており、「ボクはそういったものを楽しく聞いているんだ」という友だちのドヤ顔を見せつけられた私は、「おれだって聞いてやるぞ」と頑張ってはみるものの毎度寝落ちして、ついぞ深夜ラジオのブームには乗れなかったんですけどね。

そんな私も中学生のころはラジオにかじりついていました。当時は高音質なFMラジオ局が次々と誕生していて、音楽番組から流れる曲をカセットテープに手動で録音するという「エアチェック」が大ブーム。私もFM専門誌の詳細な番組表を見て、テレビの「ザ・ベストテン」には決して登場することのないアメリカの映画音楽なんかが流れるシャレた番組を「エアチェック」することに余念がありませんでした。

一説によれば、当時のラジオブームの火付け役は受験生だったそうです。テレビの放送が終わった真夜中にひとりで勉強している受験生のお供はラジオしかなかったんですね。そんな彼らを応援し、語りかけていたラジオ。テレビ全盛の時代にあって、ラジオはひとりで聴いている人々をターゲットにする方向へと舵(かじ)を切り、テレビの歌番組では聴けないような音楽を世界中から掘り出して、少年たちが背伸びをして聴きたくなるような、オトナなカッコいいメディアという地位を勝ち取っていた時代だと思います。

それが今や大衆を相手にするテレビが衰退し、ネットやゲームといったパーソナルなメディアが全盛の時代。そんな中でラジオの立ち位置はどうなっているのでしょうか。実際にラジオ番組をやっている私が思うのは「安心のメディア」ということです。大衆に迎合して思い切ったことができなくなったテレビ、抑圧された個人のうっぷんが無遠慮に飛び散るネット社会。それに対してラジオは、ひとりに対して語りかけるメディアであるという自覚を持ってリスナーに向かい合えば、そこに信頼関係を築きやすい優良なメディアであると言えます。実際、私の番組には誰にも言えない深刻な悩みを打ち明けるリスナーが毎回いらっしゃる。家族でも友人でもないけれど、でもちゃんと自分の話に向き合ってくれる存在として私のラジオを聴いてくれているとしたら嬉しい限りです。

そんな私の番組はスポンサーも付けずノーギャラで続けておりましてですね、でもさすがに苦しいということで、このたびクラウドファンディングを実施することとなりました。ラジオＮＩＫＫＥＩ第１「藤村忠寿のひげ千夜一夜」支援プロジェクト！えー是非ともご参加くださいませー！

（９月22日）

リアルキャラバン、幸せな時間再び

2013年に札幌で「水曜どうでしょう祭」を開催し、全国から数万人のファンがやって来て大いに盛り上がりました。「こりゃ売れるぞ」と番組関連グッズを盛大に用意しましたが、盛大に売れ残っちゃったんですよ。「こうなったらトラックに在庫を積み込んで全国に売り歩こう」と翌年からスタートしたのが「水曜どうでしょうキャラバン」というイベントです。

スタッフ20数名がバスやトラックに分乗し、一カ月近くをかけて全国10ヵ所以上を回るんです。道の駅の駐車場とかスキー場、廃校になった学校のグラウンドとか、そういった場所を会場にして。そこに自分たちでテントを立てて、テーブルを出して商品を並べて。でも自分たちだけでは手が足りないから、お客さんの中からボランティアスタッフを30名ほどかき集めて。水曜どうでしょうが好きなアーティストが「楽しそうだから参加したい」と、ノーギャラで出演してくれて、トラックの荷台をステージにして歌ってくれて。1日の来場者は数千人にまで達しました。

キャラバンはそれから毎年続いて、2019年には再び札幌で「水曜どうでしょう祭」が盛大に開催されました。ここでまた我々は前回の反省を活かすことなく、盛大に在庫を抱えてしまうわけですが、翌年からはコロナ禍で中止。苦肉の策で、オンライン上でのグッズ通販と生配信を組み合わせた「エアキャラバン」を開催。トータルで数万人の方が視聴してくれて、在庫も順調に売れていきました。

そうして迎えた今年2022年。4年ぶりのキャラバンが開催されることとなりました。9月15日、HTBを出発したバスやトラックが隊列を組んで小樽港からフェリーに乗り込み、新潟、秋田、山形、福島、茨城、静岡、滋賀、長野、高知、兵庫、そして岡山と全国11ヵ所を巡る長い旅です。会場では体温の測定や飲食の制限など感染対策が必要だし、来場者は近県在住者に限る会場もあり、事前の予想では「来場者は4年前の半分程度ではないか」とされていました。

その予想は当たり、新潟、秋田はほぼ半減、山形も福島も来場者の数は減っていました。ところがです。茨城あたりから来場者の数が急に増えて全盛期のキャラバンの盛況ぶりが完全に戻ってきたのです。それは多分、イベントへの来場を迷っていた人たちが、ＳＮＳなどで会場の楽しそうな雰囲気を知って、居ても立ってもいられずに駆けつけたのではないかと思われます。

この2年間で、いろんなことが変わりました。ひとりで過ごす時間が多くなり、多くの人たちと直接顔を合わせて関わり合うことがほぼなくなっていました。それは人々にとって決して良い状況ではないことを、私はキャラバンを通して確信しました。人は見知らぬ人と出会い、その人と共感し合えたときに喜びを感じるものです。そんな出会いがあった日は幸せです。キャラバンに来場する人たちは、水曜どうでしょうが大好きな人たちです。その点においては心の中ですでに共感し合えています。そんな人たちが直接顔を合わせて、水曜どうでしょうが大好きなアーティストたちの歌声に共に耳を傾けて一日を過ごす。それはこの2年間で忘れていた幸せな時間でした。そうして今年のキャラバンは4年前の活況を完全に取り戻して10月10日の岡山会場で全日程を終了しました。

（10月13日）

つらい仕事の先の「幸せ」って……お金？

いきなり近代史の話をしますけど。２００年ほど前、蒸気機関という動力源が発明されたことで世界が大きく変わりました。「産業革命」というやつですね。それまでほぼ人力でちまちまとモノを作り出していた人類が、いきなりモノを大量生産することが可能になったんです。で、それらを大量に売りさばくことで、これまでよりもずっと大きな利益を上げることができるようになりました。

利益のあるところには当然多くの人が集まってきます。「よし、じゃあお金をあげるからおまえはこれをやってくれ」と、それぞれの人に仕事を振り分けるようになった。材料を集める人、その材料でモノを作る人、それを売る人、売ったお金を計算する人などなど役割を与えていく。「分業化」というやつですね。「自分に与えられた役割さえやってくれればお金をあげますよ」という仕組みを持った組織が出来上がりました。

人々はもらったお金でいろんなモノを買えるし、モノを大量に作ることによって、より多くの人にそれが行き渡るわけですから、社会全体としてもこんなに良いことはありません。だから多少気に入らない役割であっても、多少キツくても、それは必要なことであるとみんな思っていたわけです。「仕事ってのはつらいものなんだよ」と。「でもその先に幸せが待っているんだよ」と。

そうやって大量にモノを作ってきたおかげで、だいたいみんなにそれが行き渡ってきました。冷蔵庫もあるし洗濯機もあるし車もある。「もうこれでいいじゃないか」と思ってはみたものの、相変わらず大量生産の仕組みは動き続けているし、自分もそこで働いてお金を得ている。「じゃあみなさん、今度はそのお金でどんどん新しいモノに買い替えましょう」ということで、いわゆる「大量消費」が推し進められるようになってきました。

ところが大量生産と大量消費が地球環境に与える悪影響を無視することができなくなってきた。同時に「大量のモノに囲まれることが果たして幸せなのか?」という疑念を持つ人も多くなってきた……とまぁ、多少乱暴ですけど産業革命から200年ほどが経った今がそういう状況です。

とても難しい状況ですよね。とりわけ大量生産で利益を上げてきた「会社という組織の存在理由」がよくわからなくなってきました。ましてやそんな会社で働いているサラリーマンは急にハシゴを外された思いです。「えっ？　つらい仕事の先に幸せが待ってるんじゃなかったの？」って。

さて先日。1カ月に及んだ「水曜どうでしょうキャラバン」を終えました。普段の仕事よりも格段に疲れましたが、果たしてその労働に見合うだけの金銭的な利益があったかどうかは疑問です。でもそんな中で、ノーギャラで歌ってくれたアーティストのみなさん、無償で手伝ってくれたボランティアのみなさん、そして我々HTBスタッフ、それぞれになんらかの利益があったんだろうと確信しています。それは「喜び」の「共有」による「充実感」でしょうか。

そもそも、人が他人と寄り集まって組織を作るのはなぜでしょう。ひとりではできないことをするためです。その結果としてひとりでは手に入れることのできない「利益」を得ることができるからです。産業革命以降はそれが分かりやすく「お金」でしたが、これからは「労働者がお金以外の利益を得られるかどうか」が、会社という組織自体の存在理由になってくるんじゃないでしょうか。

（10月27日）

おいしい岡山、知られざる魅力

白壁が優美な姫路城は別名を白鷺（しらさぎ）城と言いますが、漆黒の壁面を烏（からす）に例えて烏（う）城とも呼ばれるのが岡山城です。この地にはもともと石山城という小さな城があり、ここを奪い取って本拠地としたのが宇喜多直家（うきたなおいえ）。その息子秀家（ひでいえ）の時代に石山に隣接する「岡山」という小高い丘に新たに本丸を築いたのが現在の岡山城。その漆黒の天守閣が令和の大規模改修を終えてリニューアルオープンするということでわたくし、その関連イベントに呼ばれて行ってまいりました。

実はお芝居で宇喜多直家を演じたことがあるんです。まぁその縁もあって呼ばれたわけですがこの人物、いろいろと評価の分かれる人なんですね。常に領地の奪い合いが絶えない紛争地帯であったこの地で、謀略の限りを尽くして次々と周囲の敵を滅ぼしていき、織田信長からも「梟雄（きょうゆう）」と呼ばれて恐れられたとされる武将です。

まぁとにかくやることがえげつないんですね。敵に娘を嫁入りさせて「自分は味方だ」と安心させておいていきなり攻撃するとか、仲直りをしようと敵を狩りに誘って暗殺したのち「シカと間違えて撃っちゃった」などと平気で言い訳するとか、とにかくやり口が汚い。真正面から戦を挑まない。しかしそのおかげもあって常に味方の損傷は少なく、よって配下の者たちからの人望は厚く、終生直家を裏切る部下は一人も出なかったという逸話も残されています。外側からの評価と内側から見た評価がまるで違うということですね。

で、岡山県という土地。道内のみなさんはどんな印象をお持ちでしょうか。お隣の広島県なら「お好み焼き！」「カキ！」「カープ！」「厳島神社（いつくしま）！」「もみじ饅頭！」と次々に元気なお答えが返ってきそうですけど、どうですか岡山県は？「桃太郎！」あ、そうですね、「きび団子（だんご）！」まぁ同じことですね。ていうか正直なところほとんど印象がないんじゃないでしょうか。

ところがこの岡山県、瀬戸内の海の恵みと中国山地の山の幸に恵まれて、おまけに「晴れの国」と呼ばれるほど温暖な気候にも恵まれて、故に戦国時代には領地の奪い合いが絶えなかったという豊かな土地なんですね。

とはいえみなさん、観光するならやっぱり広島でしょう？　道内ではあまりお目にかかれない広島風のお好み焼きはやっぱり食べてみたいですもんね。大丈夫、広島の街を歩けばお好み焼きのお店がいっぱいありますから。そしてどのお店も実に美味しい。さすがです。しかし何度か広島に足を運ぶうちに「てか、お好み焼きばっかりじゃないか！」という、バリエーションの少なさも目についてくるんですね。

これが岡山の街を歩きますと、際立った名物がないおかげで洋食から和食、ラーメンと多彩なお店が軒を連ね、特に居酒屋のレベルが段違いに高いんですよね。予約必須の名店がごろごろとあり、休日の昼間ともなれば街のあちこちに行列を見てとれる。そりゃあ海の幸、山の幸が豊富ですから食材の良さは折り紙付き。「お好み焼き」だけに特化してしまってはもったいないというものです。

よく知られた名物ばかりに目がいって、外から見ているだけでは内実はよくわからない。ユーチューブの「どうでそうＴＶ」では、あまり知られていない街を私がひとりで旅をする動画をアップしています。どうぞご覧くださいな。

（11月10日）

「弱者」の逆転劇、大コーフン

もうね、サッカーのワールドカップですよ。おおかたの予想をくつがえしてドイツ、スペインというサッカー強国に日本が勝利。それも前半戦は完全に負けていたのに後半戦で逆転したというところに盛り上がり度合いも爆上がり、ということですよね。そりゃもう私だって真夜中、早朝に大声を張り上げて大コーフンしましたよ。かなりドラマチックでしたからね。

ドラマといえば「倍返しだ！」の「半沢直樹」も、左遷されたサラリーマンの痛快な逆転劇にみんな釘付けになりましたし、懐かしいところで言えば「僕は死にましぇーん！」の「101回目のプロポーズ」ね。武田鉄矢（たけだてつや）さん演じる、さえない中年男が浅野温子（あさのあつこ）さん演じる美女のハートを射止める姿に国民は勇気をもらいましたもんね。

いずれにしても人は「弱者が強者に勝つ」「不利な状況を逆転する」ということに最大の喜びを感じるということですよね。サプライズです。思いがけず事態が好転したことへの「驚き」が「喜び」になるということですよね。

「驚き」とは、口語で言うなら「まさか！」ですかね。「まさか！ 日本が勝つとは！」「まさか！ あんな男がモテるとは！」ってことですよ。ところがみなさん、普段「まさか！」を口にするときに次に続く言葉はなんですか？ だいたい「まさか！ こんなことになろうとは！」ってことじゃないですか？ それって「悪い方向へ転がった」ってことですよね。つまり我々の日常においての「驚き」は「喜び」であることは少なく、事態が悪化して驚くことの方が多いってことですよ。だって保険会社の決まり文句は「まさかのときに備えて」ですもんね。

さて、ワールドカップの話に戻りますけど、格下だと思われていたコスタリカに負けて大いにガッカリしましたよね。「なにやってんだよ！」「やっぱりダメじゃないか」と。強国ドイツに勝った後だったからこそ、その落胆ぶりも大きかったわけです。

でもねぇ、日本なんかよりドイツ国民の落胆の方が断然大きかったわけでしょう。強国である（と思っている）からこそ、負けた時の落胆が大きいわけです。かといって弱い（と思っている）日本に勝ったところで、我々ほどの盛り上がりは見せなかったはずです。そう考えるとですね、私は強国になるってのはあまり良いことではないな、とも思うわけです。だってファンを失望させる可能性がより大きくなるわけですからね。

と、いうことはですよ。日本は「サッカー強国」にならない方が勝利の喜びが大きくなるんじゃないかと思うわけですよ。かといって「弱くなればいい」というわけじゃありません。「強国」と呼ばれないようにうまく振るまいつつ、選手個人は実力を高め、いざという時に力を結集して強国を倒しまくるというのが一番楽しいわけですよ。

「そんなことできるか！」ってお思いでしょうが、実は「水曜どうでしょう」の戦略がそこなんですよ。社会に弱小であると思わせる。大泉洋さんが大スターになろうが、規模を大きくせず北海道のローカル番組という弱小チームのまま、DVD販売やネット配信で東京の人気番組を凌駕（りょうが）する戦績を上げていく。それが皆さんを喜ばせる大きな要因でもあるわけです。

「地方」というだけで「弱者」の扱いをしてくれている社会を私は「しめしめ」と思って利用しているってことですね。

（12月8日）

こんな信長の最期、どうでしょう

大阪で時代劇やダンスのイベントをやっている連中を仲間に引き入れてつくった劇団「藤村源五郎一座」。「最近、黒澤明の映画『羅生門』をみたんですけど、アレいいっすよねぇー」という副座長の一言から今年の芝居づくりがスタートしました。

羅生門はある殺人事件の当事者、目撃者たちの証言がことごとく食い違い真相がまるで見えてこない中、最後の最後に驚きの事実が浮き彫りになって――というようなお話です。人というのは自分に都合の良いように事実を少し脚色して話してしまうもの。それが正直者に見える人なら、なおさら他人は真実と思い込み事実が勝手に変えられてしまう。そんな羅生門の構造をベースにして台本をつくってはどうか、というわけです。題材となる事件は「本能寺の変」に決まりました。

1582年、天下統一をほぼ手中に収めていた織田信長に対し、忠実な家臣であった明智光秀が突如として謀反を起こし、燃え盛る本能寺で信長が自害したと伝えられる本能寺の変。しかし、焼け跡から信長の遺体が見つかっていないことや、そもそも光秀が信長を裏切った理由がいまだに判然としないこともあって、様々な臆測や陰謀論が飛び交う日本史上最大のミステリーとされている事件です。

「人間50年〜」なんてひとしきり舞を披露して自害したとか、あれはつくり話だよね。そんなカッコよくないでしょう。実際は誰かにあっけなく殺されたんだろうか？　いや、信長は逃げた可能性もある。光秀は本当に裏切ったのかな？　一説によれば、多くの家臣の前で罵倒されたことを恨んでたとも言われてますが、そんなことぐらいで1万人もの兵を動員して謀反を起こすか？　いろんな仮説を立てて検証してみます。

そもそも信長はどんな人だったんだろう？　少年期は「大うつけ」と呼ばれてバカにされていたけど、楽市楽座のような自由経済を推進した切れ者でもあった。比叡山を焼き打ちするような残虐性がありながら多くの家臣を統率するリーダーシップにたけていた。これだけ人物像がバラバラということは、人によって信長という人物を勝手に脚色していたということ。そうであれば我々は「信長という仮面の下に隠されていたひとりの男の最期」をあぶり出していこうではないか。

　こうして出来上がった今回のお芝居。冒頭は史実に残る本能寺の変のシーンから始まります。炎に包まれる一室で「是非もなし」と、光秀の謀反を受け入れて自害する信長。しかしそれは、文字通り芝居じみていて到底真実には見えません。そして次の場面、ひとりの僧侶が現れて証言します。「あの日わしは、本能寺にいた。信長は自害したのではなく、みじめに殺されたのだ」と。僧侶の証言を元に史実とは違う本能寺の変が再現されます。確かに真実味があるが、それを否定する新たな証言者が出てきてまた違う本能寺の変を語りだす。さらに証言によって信長や光秀を演ずる役者も変わっていき、観客はさらに混乱していく、という舞台です。

　藤村源五郎一座の新作「神面記」は12月25日まで大阪で公演中。今年も自由な発想で楽しく芝居ができました。おっと芝居だけではなく、ちゃんと「水曜どうでしょう」の新作も撮影しましたしね。放送は年が明けて雪が解けるころになりますが、楽しみにお待ちください。ではみなさま、今年もご愛読ありがとうございました。

（12月22日）

本書は、朝日新聞北海道版に2020年1月9日から2022年12月22日まで連載されたものに加筆修正をしたものです。本エッセイは現在も連載中です。

装丁・イラスト　r2（下川恵・片山明子）

藤村忠寿（ふじむら ただひさ）
1965年生まれ、愛知県出身。90年に北海道テレビ放送入社。東京支社の編成業務部を経て95年に本社の制作部に異動、「水曜どうでしょう」の前身番組「モザイクな夜Ｖ３」の制作チームに配属。96年、チーフディレクターとして「水曜どうでしょう」を立ち上げる。番組のディレクションのほか、ナレーターとしても登場。愛称は「藤やん」。著書に『けもの道』『笑ってる場合かヒゲ１・２』、嬉野雅道氏との共著に『腹を割って話した〈完全版〉』『仕事論』『週休３日宣言』『なんだか疲れる』など。

JASRAC 出 230226-301

人の波に乗らない　笑ってる場合かヒゲ

2023年４月30日　第１刷発行

著　　者　藤村忠寿
発 行 者　宇都宮健太朗
発 行 所　朝日新聞出版
〒104-8011　東京都中央区築地5-3-2
電話　03-5541-8832（編集）
03-5540-7793（販売）

印刷製本　中央精版印刷株式会社

ISBN978-4-02-251885-9
定価はカバーに表示してあります

藤村忠寿の本

笑ってる場合かヒゲ

水曜どうでしょう的思考１

水曜どうでしょう的思考２

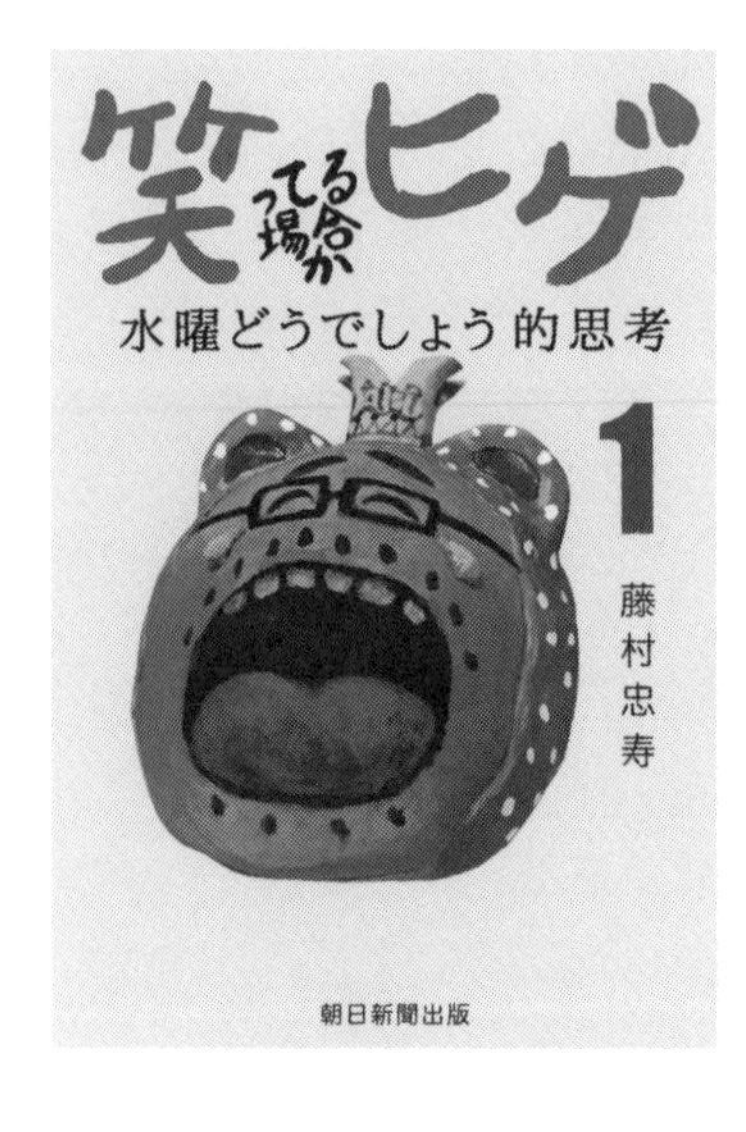

「水曜どうでしょう」の制作秘話だけでなく、仕事に役立つ発想の転換術や、家族について、趣味について……「水どう」的やわらか思考で書き続け、溜まりに溜まったエッセイから2014～2016年までを①に、2017年～2019年までを②に収録。

四六判